Rhoces Fowr

Marged Lloyd Jones

Gomer

I blant fy mhlant

Cyhoeddwyd yn 2006 gan
Wasg Gomer, Llandysul, Ceredigion SA44 4JL
www.gomer.co.uk

ISBN 1 84323 669 9
ISBN-13 9781843236696

Dymuna'r cyhoeddwyr gydnabod cymorth
Adrannau Cyngor Llyfrau Cymru.

Argraffwyd a rhwymwyd gan
Wasg Gomer, Llandysul, Ceredigion

Diolch

Diolch i'r Cyngor Llyfrau a Gwasg Gomer (yn arbennig Bethan Mair) am eu cefnogaeth a'u ffydd ynof yn mentro cyhoeddi'r nofel hon.

M.Ll.J.

1

Mae hiraeth arna i; 'hiraeth mawr a hiraeth creulon'. A fedra i ddim deall pam yn iawn. Hiraeth ar ôl Mamo? Wrth gwrs 'mod i'n hiraethu ar ôl Mamo, ond roeddwn wedi dod i delerau â'i cholli, i raddau. Wedi cysuro fy hunan ei bod mewn gwell byd yn rhywle, a heb ddioddef y boen a'r blinder a ddioddefodd dros y blynyddoedd.

Hiraeth ar ôl Llety'r Wennol, falle? Go brin, a minne erbyn hyn yn byw mewn byd o 'helaethwch beunydd' mewn tŷ crand. Hofel o le oedd Llety'r Wennol, ond am y deuddeng mlynedd cyntaf o'm hoes, hwnnw oedd fy nghartref – yno roedd Mamo'n byw, a hwnnw oedd fy nghaer mewn llawenydd a chur. Roedd Dyta'n byw yno hefyd, ond gwnaf fy ngore i anghofio'r llabwst hwnnw – anghofio'i greulondeb, ei gasineb tuag at Mamo, a'i ymdriniaeth ffiaidd ohono i. Y drwg yw na fedra i ddim. Ac efallai mai hynny yw'r prif reswm am fy nghyflwr hiraethus a'r iseldra. O gofio a dadansoddi fy nheimladau bregus, efallai mai'r cofio erchyll hwnnw sydd wrth wraidd fy niflastod, a bod fy nghyflwr meddwl yn cael ei reoli gan y digwyddiadau hynny yn ystod fy mhlentyndod.

Rwy'n tynnu at fy nhair ar ddeg, ac ar drothwy bod yn fenyw. Fe wedodd Anti Mary wrthyf dro 'nôl, 'Rwy'n gallu siarad â thi fel petait yn gwmws yr un oed â fi. Siarad yn agored â thi, fel ag yr oeddwn i'n arfer siarad â'th fam, druan fach.'

Ac wedyn, byddem yn cyd-lefen ein dwy. Ie, hiraeth naturiol oedd yr hiraethu hwnnw, ond mae'r hiraeth arall yma fel pwysau trwm ar fy stumog heb na deigryn nac ochenaid i'w leddfu. Hiraeth trwm a hiraeth tywyll.

Roedd Dad-cu wedi sylwi hefyd.

'Be sy'n bod, Jane? Wyt ti ddim yn hapus yma? Ydy'r hiraeth yn para? Hiraeth ar ôl dy fam?'

'Ie, Dad-cu.'

Fedrwn i ddim esbonio iddo – fedrwn i ddim esbonio i mi fy hun.

Galwai Dad-cu fi yn Jane – Jane Lloyd-Williams, yr un cyfenw ag e. Jini John oedd fy enw gan bawb dros y blynyddoedd, ond roedd yn gas 'da fi'r enw. Enw oen swci neu ast ddefaid oedd Jini, ac am 'John' – wel, dyna oedd enw Dyta, Ifan John, ac roeddwn yr un mor awyddus i gael gwared ar y 'John' ag oeddwn i gael gwared ar ei berchennog!

A dyma Dad-cu yn dweud un bore, yn sydyn iawn amser brecwast, gan droi yr uwd llwyd o'dd o'i flaen.

'Jane, mae'n rhaid inni newid dy enw di'n swyddogol – o John i Lloyd-Williams. Wyt ti'n fodlon?'

Bu bron i mi â thagu ar fy uwd.

'Wrth gwrs, Dad-cu, yn fwy na bodlon.'

'Ac ar ôl hynny, mi hoffwn dy wneud di yn ferch gyfreithlon i mi.'

'Rwy'n fodlon i hynny hefyd, Dad-cu.'

'Iawn, awn i weld cyfreithiwr heddi nesaf. Gorau po gyntaf.'

A bant â ni yn y trap a'r boni wen i dalu ymweliad â Jones, Thomas & Thomas, Cyfreithwyr.

Ond dim ond un ohonyn nhw oedd yno – Mr Thomas. Dyn pwysig yr olwg, mewn dillad duon, crys gwyn, tei-bo ddu, a mwstasien fach grop. Roedd yn faners i gyd ac yn rhyw hanner moesymgrymu i Dad-cu.

Doedd dim angen esboniad – roedd Mr Thomas yn gwybod ein hanes i gyd – a dyma gydymdeimlo gor-barchus, ac ysgwyd llaw yn llipa ddefosiynol. Dywedodd Dad-cu ei neges yn fyr a di-ffws.

'Odi Mr John yn gwbod am hyn?' gofynnodd Mr Thomas.

Gwnaeth Dad-cu rhyw ebychiad sarhaus, a dweud yn snochlyd, 'Mr John,' gyda phwyslais ar yr enw, 'be sy gydag e i wneud â'r peth?'

'Mae'n ddrwg 'da fi weud wrthoch chi, ond mae gan Mr John bopeth i wneud â'r peth. Fe yw 'i thad hi, ontefe?'

'Ie, gwaetha'r modd, ond dyw e erioed wedi bihafio fel tad. Tad, wir! Dyw'r dyn yna ddim yn ffit i fod yn dad i oen swci. Tad, wir! Dyw e ddim yn gwbod ystyr y gair.'

A dyma'r dyn yn troi ata i.

'A sut 'ych chi'n teimlo ynglŷn â newid eich enw, Miss John?'

Ffrwydrodd Dad-cu cyn i mi gael cyfle i ateb. Doedd Dad-cu ddim yn ddyn i'w gymryd yn ysgafn.

'Miss John? Peidiwch byth â'i galw wrth yr enw yna eto! Ac os na ellwch chi wneud gwaith bach syml fel newid enw, bydd yn rhaid inni fynd at gyfreithiwr arall.'

A chyn iddi fynd yn gwympo mas o ddifri dyma fi'n gweud yn ddistaw bach, 'Rwyf inne eisie newid f'enw hefyd. Mae'n well 'da fi Lloyd-Williams na John.'

Fe dawelodd y storom, adenillodd Mr Thomas ei bwysigrwydd, a dywedodd y bydde'n rhaid cael tyst ychwanegol. A dyma gyrchu dyn arall i'r swyddfa – y Thomas arall, dyn dipyn yn hŷn. Hwnnw'n ysgwyd llaw eto, rhagor o sebon, a rhagor o gydymdeimlo ffuantus. 'Mhen hir a hwyr arwyddwyd tamaid o bapur swyddogol, rhywbeth a elwid yn 'Deed Poll'. F'enw i ar y top, yn cael ei ddilyn gan enw Dad-cu ac yna'r ddau Thomas. Ddaeth Jones ddim i'r golwg. Fe ddwedodd Dad-cu wrthyf ar y ffordd adre mai enw yn unig oedd 'Jones'; ei fod wedi marw ers blynyddoedd, ond eu bod yn cadw ei enw mlaen er parch iddo, ac er lles y busnes.

Jini John aeth lawr i'r dre, ond Jane Lloyd-Williams a ddaeth adre. Teimlais rhyw falchder a boddhad o newid f'enw, a falle y byddai peth o'r hiraeth a'r blinder yn diflannu gyda'r enw. Ta-ta Jini John.

Yn ôl Marged, roedd yr enw Lloyd-Williams yn dynodi parch ac urddas drwy'r holl ardal, a byddai'n rhaid i minne fihafio'n deilwng o'r enw o hyn ymlaen.

Cofiais yn sydyn am Mamo. Lloyd-Williams o'dd hithe cyn iddi briodi ag Ifan John, a thrwy wneud hynny fe gollodd bob urddas a pharch. 'Gorfod priodi', dyna'r pechod. Fe gywilyddiodd o achos hynny holl ddyddiau ei bywyd. Mamo druan!

Dyheuwn am gyrraedd adre i gael dianc i fy stafell wely – honno oedd fy ninas noddfa. Fan'ny oedd yr unig fan lle roeddwn i'n hollol gysurus, ac am reswm digon amlwg. Yno roeddwn yng nghanol dodrefn cyfarwydd – dyna'r dodrefn oedd yn y pen-ucha yn Llety'r Wennol. Dyna'r unig ran o'i 'hetifeddiaeth' a gafodd Mamo pan y'i gorfodwyd i ymadael â'i chartre moethus i fyd o dlodi; a phan symudais i gartre Dad-cu, mynnais symud y dodrefn hefyd. Eu symud 'nôl i'w hen gynefin.

Wn i ddim pam, does dim esboniad, ond wrth gerdded tua drws ffrynt crand Nant-y-wern, daeth rhyw deimlad o foddhad trosof, o sylweddoli mai hwn, y tŷ mawr yma, oedd fy nghartre bellach. Chododd y peunod mo'u pennau; roeddent hwythau'n edrych yn fodlon iawn ar eu byd, yn pigo, pigo'n ddi-baid ar rywbeth a'u cadwai'n gysurus a diddig. Gwnes inne benderfyniad yn y man a'r lle. Addunedais y gwnawn fy ngore i fod yn ddiolchgar am y bendithion a ddisgynnodd mor sydyn i fy myd bach tlodaidd i, a mwynhau f'etifeddiaeth.

Y Sadwrn canlynol byddai Anti Mary, ffrind gore Mamo, yn priodi, a fi fyddai'r forwyn briodas. Profiad i'w fwynhau a'i drysori.

'Mhen rhyw dair wythnos arall byddwn yn

cychwyn ar f'addysg uwchradd yn y Cownti Scŵl yn Aberdulais – addysg, yng ngeirie Mamo, a fyddai'n rhoi cyfle i mi 'ddod mlaen yn y byd, ac i fod yn annibynnol'.

2

Gwawriodd y diwrnod mawr, yn ddiwrnod glas, digwmwl; diwrnod priodas Anti Mary. Dywedir bod gwaed yn dewach na dŵr, a bod perthynas yn nes at y galon na chyfaill. Ond nid dyna fy mhrofiad i o fywyd. Doedd Anti Mary ddim yn perthyn i mi o'r nawfed ach; eto, heblaw am Mamo, doedd neb yn y byd mawr crwn roeddwn yn ei charu'n fwy nag Anti Mary – hi oedd fy nghysur ymhob storom. Mae'n wir fy mod wedi cael siom ynddi hithau hefyd, ond fe fyddai fy mywyd bach i wedi bod yn fwy cymysglyd a llawer tlotach oni bai amdani hi. Felly codais cyn cŵn Caer, a phedlo ar fy meic i Bengwern, taith o ryw chwe milltir. Byddai Dad-cu a Marged yn dilyn yn hwyrach mewn car – car wedi'i hurio.

Doeddwn i ddim wedi cysgu chwinciad cath drwy'r nos. Roeddwn ar bigau'r drain yn meddwl am y briodas, a phoeni shwt i fihafio fel Jane Lloyd-Williams, gymaint nes i mi anghofio'n llwyr am y lwmp yn fy stumog. Teimlwn fel rhywun arall, rhywun fyddai'n barod i wynebu'r byd o'r newydd.

Cyrraedd Pengwern yn chwys drabŵd, a chael Anti Mary yn ei dillad gwaith yn rhuthro obeutu fel cath ar darane, yn gweithio brecwast i bawb – ei thad yn fwrlwcs a diwedwst, a'r 'howsciper' newydd yn eistedd yn gopa-dil ar ben y ford yn joio'i brecwast.

'Dere Jini fach, dere at y ford.'

Roeddwn yn dyheu am ddweud nad Jini oedd f'enw mwyach ond 'Jane', a hynny 'by deed poll'. Ond nid dyna'r amser na'r awr i wneud shwt ddatganiad o bwys.

Pigo tamed o dost, yn sŵn cnoi a chrensian swnllyd y gweision, a'r howsciper yn codi'i thrwyn at eu diffyg maners. Teimlwn yn anghyfforddus, yn enwedig o weld Mr Puw mor surbwch a diserch: roedd yn bwyta fel petai'n credu mai'r pryd hwn oedd y pryd olaf iddo yn y byd hwn. Mentrais dorri ar draws y bwyta swnllyd, di-sgwrs a dweud, 'Anti Mary, mae'r briodas am un ar ddeg ac mae'n bryd i ni'n dwy fynd i glandro a gwisgo, neu mi fyddwn yn hwyr.'

A dyma Mr Puw, os gwelwch yn dda, yn codi'i ben am y tro cynta, a dweud mewn llais crac, di-amynedd, 'Sa i'n gwbod beth yw'r hast mowr am briodi sy arni, yn gwmws fel petai'n cael cam 'da fi 'ma. Weden i fod byd da iawn arni man lle ma' hi.'

'Dere Jini,' mynte Anti Mary yn dawel, 'awn i'r llofft i wisgo, a Nhad, ewch chithe i newid. Mae'n rhy hwyr nawr i ddannod a hwthu bygythion. Rydyn ni wedi trafod a gwyntyllu'r cyfan yn ddi-stop ers misoedd, a does dim angen siarad fel'na ar fore 'mhriodas i o bob bore. Cefnogaeth wy 'i angen heddi. Dere, Jini.'

A bant â ni'n dwy yn benuchel sha'r llofft. Ond gyda'n bod ni'n cyrraedd ei stafell, dyma hi'n torri lawr a llefen y glaw.

'Anti Mary, peidiwch, da chi. Dyma ddiwrnod

hapusa'ch bywyd chi wedi gwawrio. Nid diwrnod o wylofain yw hwn, diwrnod i lawenhau.' Fe deimlais inne mai Jane lefarodd y geirie 'na ac nid Jini!

'Ond Jini fach – ma' Nhad yn gwneud i fi deimlo fel llygoden fowr yn dianc a gadael y llong i suddo.'

'Anti Mary, meddylwch am Alun. Sda'ch tad ddim hawl i'ch rhwystro. Fe briododd e â'ch mam, yn do fe, a falle priodith e eto – rown i'n gweld yr howscipar yn towlu llygad mochyn i'w gyfeiriad.'

A dyma ni'n dwy yn chwerthin, chwerthin yn ddi-reol, chwerthin o ryddhad, a chwerthin 'mots mo'r dam am neb'.

Tynnu'r ffrogiau mas o'r bocsys a'r papur sidan yn garcus ofalus. Doedd neb wedi'u gweld oddi ar y diwrnod hwnnw yn y siop grand, pan doedd fawr o hwyl ar yr un ohonon ni i brynu dillad. Newydd gladdu Mamo oedden ni, a doedd yr un ohonom yn teimlo awydd prynu dillad newydd. Ond daeth tro ar fyd, a hynny'n gyflym iawn. Nawr, rhaid oedd mwstro i ymolch, i gribo ac i binco, i bowdro ac i wisgo ein dillad priodas.

Lodes dal, fain oedd Anti Mary, ac yn ei gwisg briodas edrychai fel brenhines – llawer harddach na brenhines Prydain Fawr. Gwisgai ffrog o liw hufen, a honno'n llusgo'r llawr, gwasg tynnu-mewn yn llawn twce bach, gwddf uchel, a broits fawr henffasiwn a berthynai i'w mam yn disgleirio ar les y gwddf. Het fawr o'r un lliw a rhuban pinc yn goron ar y cwbwl. A minne mewn ffroc sidan

15

binc 'run lliw â rhuban hat Anti Mary – popeth 'to match'.

'Wy wedi archebu bwnsh o rosys gwyn iti i'w cario, a rhosys pinc i fi,' mynte Anti Mary.

'Rhosys gwyn, Anti Mary?'

'Ie, pam? Mi fyddi'n edrych mor bert yn cario blode.'

'Rhosys gwynion rois i ar fedd Mamo, a dim ond rhyw chwech wythnos sy oddi ar hynny.'

'O Jini, ma'n ddrwg 'da fi – wnes i ddim meddwl.'

'Popeth yn iawn, Anti Mary. O ailfeddwl, byddai cofio am Mamo y peth iawn i'w wneud achos petai hi'n gwbod am hyn, mi fyddai wrth ei bodd.'

'O Jini fach, rwyt ti'n werth y byd.'

Jini! Daeth fy nghyfle.

'Ma 'da fi un ffafr i ofyn i chi, Anti Mary.'

'Ie, 'nghariad i?'

'Nid Jini yw f'enw i mwyach ond Jane. Mi fuodd Dad-cu a fi 'da'r cyfreithiwr ddoe yn newid f'enw. A felly, o hyn ymlaen, Jane Lloyd-Williams fydd f'enw. Perthyn i Dyta o'dd yr enw Jini John a wy wedi bennu â hwnnw am byth bythoedd.'

'Iawn, Jane. Rwy'n falch. Enw dy deulu, teulu dy fam. Rwyt ti wedi datblygu i fod yn fenyw gall, a hynny dros nos. Rwy'n browd ohonot ti.'

A dyna lle roedden ni'n dwy yn edmygu'n gilydd, heb yngan gair, a'r dagre'n twmblo lawr ein gruddiau. Ac rwy bron yn siŵr fod ein meddyliau yn rhedeg yn gwmws ar yr un llinyn.

'Anti Mary, mae'n chwarter wedi deg!'

'Reit, dere lawr i aros i'r parlwr mowr. Rhaid i fi weld shwt siâp sy ar Nhad.'

Ac yno yn eistedd yn ei gader fowr roedd Mr Puw â'i ben yn ei blu.

'Wyt ti'n edrych yn bert, Jini.'

Edrychodd e ddim ar Anti Mary – dim un gewc – ond roedd yn hollol amlwg ei fod yntau hefyd wedi cael pwl bach o lefen. Druan ohono.

'Dyma rosyn i chi roi yn eich cot, Nhad.'

'Wy ddim am rosyn.'

Distawrwydd anghyfforddus.

Rown i'n teimlo bod yn rhaid i rywun doddi'r iâ, a mentrais ddweud, 'Plis, Mr Puw, er fy mwyn i, wy inne ddim eisie cario'r blode 'ma chwaith, ond rwy'n gwneud 'ny achos 'mod i'n meddwl y byd o Anti Mary. Plis, Mr Puw.'

Ac er mawr syndod i mi fe ufuddhaodd.

'Shwt 'yn ni'n mynd i'r capel, Anti Mary?'

'Yn ein car ni. Ma' Tom y gwas mowr wedi cael siwt newy' a chrys gwyn, ac wedi ca'l gafel mewn cap â phig yn rhwle. Mi fydd 'da ni *chauffeur* ffit i yrru'r brenin.'

Bant â ni mewn steil yng nghar Mr Puw.

Y tro diwetha fues i yn y car hwnnw o'dd yn angladd Mamo, a chan ei bod hi'n bwrw smwc o law y diwrnod hwnnw, gorfod inni agor ein 'baréls. Heddi roedd yn haul braf – diwrnod delfrydol i briodas. Ond roedd pawb wedi'u taro â'r palsi mud. Dim gair o ben neb – pob un â'i ofid neu 'i lawenydd ei hun. Ond yn sydyn gwaeddodd Anti Mary, 'Tom, gan bwyll bach, nid Malcolm

Campbell wyt ti, ac nid tywod Pendein yw'r lôn fach gul yma.' Dyna'r unig eiriau a glywyd yr holl ffordd.

Gweld cip o Gapel Seion yn y pellter ar y bryn draw – capel plaen, di-olwg yn sefyll yn herfeiddiol mewn unigrwydd heb na pherth na choeden yn gysgod iddo.

Fues i erioed o'r blaen mewn priodas, a do'dd 'da fi ddim syniad mochyn o beth i'w ddisgwyl.

3

Ro'dd 'na gannoedd o bobl tu fas i'r capel – wel, rwy'n siŵr fod yno tua hanner cant ta p'un. O bobtu'r drws safai dwy res o blant yn dala bobo dwnshin o flode bach yn dynn yn eu dwylo. A dyma Anti Mary yn bachu braich ei thad, minne'n dilyn yn nerfus, yn cerdded rhwng y ddwy res, a'r plant yn clapo dwylo, a gweiddi eu cymeradwyaeth.

'Anti Mary, ble mae Alun? Dyw e ddim i'w weld yn unman.'

'Ma' fe'n disgwl amdanon ni yn y capel.'

'Ydych chi'n siŵr?'

'Yn berffaith siŵr. Dere, a phaid â becso.'

Ro'dd mwy o ffydd 'da Anti Mary mewn dynion nag o'dd 'da fi.

Pawb yn codi wrth inni gerdded miwn, ac ro'dd 'na fenyw fach â gwallt gwyn yn canu'r organ – emyn â thipyn o fynd iddo. Y pedalau i'w clywed yn mynd ffit-ffat, ffit-ffat, ac yn cadw mwy o dwrw na'r dôn. Dilyn Anti Mary a Mr Puw – a wir, yno'n disgwyl amdanom ni yn y côr mawr o'dd Alun a rhyw ddyn arall.

Ro'dd yno bregethwr hefyd, yn edrych yn Sabothol iawn mewn siwt ddu, a choler tu ôl mlaen.

Daeth Alun mas i gwrdd ag Anti Mary, gan wenu, cydio yn ei llaw a'i harwain i sefyll wrth ei ochor. Ciliodd Mr Puw druan i eiste mewn sêt arall. Ro'dd golwg ddiflas, bendrist arno – ro'dd e'n colli merch a addolai, ac ro'dd e wedi penderfynu anwybyddu'r howsciper newy' o'r funud y gwelodd hi gynta.

Sefais i un ochor i Anti Mary, ac Alun yr ochor arall. Stopodd ffit-ffat yr organ, a dechreuwyd y gwasanaeth – ro'n i'n teimlo'n rhy ddiflas i wrando; yr unig sŵn a glywn i o'dd snwffan chwythu parhaus Mr Puw.

Ond pan o'n i'n credu fod popeth drosodd, dyma'r pregethwr yn ailddechre mewn llais 'gwrandewch arna i', a mynd mlaen i ddweud, 'Rydych chi nawr yn ŵr a gwraig briod,' a dyma fe'n mynd i hwyl, a rhoi pregeth hirwyntog ar ddyletswyddau gwraig, sef cariad a ffyddlondeb, diwydrwydd a'r pwysigrwydd o greu cartre cysurus, ac yn y blaen ac yn y blaen yn ddi-ddiwedd. Dim gair am ddyletswyddau'r gŵr!

Wedyn pawb yn cyd-ganu 'Calon Lân', a wir roedd y canu'n ddigon cryf i foddi ffit-ffat yr organ. Ro'n i wedi darllen digon am briodasau i ddisgwyl clywed yr organyddes yn chwarae'r ymdeithgan briodasol. Gofyn pam i Anti Mary, a hithau'n sibrwd, 'Dim ond emynau mae hi'n wbod.'

A chware emynau wnaeth hi tra oedden ni'n arwyddo'r gofrestr, ac am y tro cynta yn fy hanes dyma fi'n arwyddo gyda balchder, 'Jane Lloyd-Williams' – gan obeithio y byddai pawb yn cymryd sylw.

Mas â ni i'r haul a hapusrwydd. Ro'dd y boi oedd yn gwmni i Alun – y gwas priodas, i roi iddo ei enw iawn – yn treio'i ore i ngha'l i i gydio yn ei fraich, ond do'n i ddim yn ffansïo rhyw giamocs fel'ny. Be sy'n bod ar bob dyn? Ma' nhw i gyd yn anelu at gydio, crafangu, cusanu – ac os na fyddwch chi ar eich gwyliadwriaeth fe fyddan nhw'n rhoi cynnig ar eich siabwcho chi hefyd. Na, cadw di dy fage gyda ti, gw'boi, mynte fi wrth f'hunan. Ac fe'u cadwodd!

Wrth i Anti Mary ac Alun gerdded mas rhwng y ddwy res o blant, roedden nhw'n taflu eu blode driphlith draphlith tuag atynt ac yn gweiddi, 'Priodas dda, lwc dda' nerth eu penne. Am hwyl a randibŵ! Roedden nhw i gyd i'w gweld yn meddwl y byd o Anti Mary. Mae'n debyg mai hi oedd 'u hathrawes Ysgol Sul nhw. Wyddwn i mo hynny, tan y diwrnod hwnnw. 'Swn i wrth fy modd wedi cael mynd i'r Ysgol Sul, yn enwedig at Anti Mary, ond ches i 'rioed mo'r cyfle – 'am dy fod wedi cael bedydd eglwys'. Ches i 'rioed gyfle i fynd i'r eglwys chwaith tan y diwrnod tywyll hwnnw, diwrnod angladd Mamo.

Yna dilyn 'y pâr ifanc' i mewn i'r festri. Bobol bach! Dyna olygfa, pwch loia! Y fordydd yn gwegian dan fwyd, bwyd, a mwy o fwyd, a chacen briodas anferth yn y canol. Blodau ymhobman – ar y byrddau, y ffenestri, a thu ôl i luniau'r pregethwyr ar y wal. Pawb yn chwerthin (pawb ond Mr Puw), yn gweiddi, yn canu, ac yn dymuno'n dda i'r ddau.

Tua chant o westeion mewn dillad crand, a hatiau crandiach, yn llanw'r lle. Roedd y plant yno hefyd – plant yr Ysgol Sul – yn canu, nage bloeddio, alawon ac emynau na ddealles i mo'u hanner nhw. Cadw sŵn oedd yn bwysig.

Roedd yno areithio hefyd. Alun yn canmol ei wraig newydd, a chan edrych yn syth at Mr Puw yn dweud yng ngŵydd pawb ei fod yn ei charu, ac y byddai'n ei pharchu am byth.

Mr Puw druan yn edrych yn ddigon trist, ond fe gafodd ddigon o hyder i godi ar ei draed. Safodd yn stond am funud neu ddwy, heb yngan gair, a'r dagre'n twmlo lawr ei ruddiau. Sychodd e mohonyn nhw bant chwaith. Ond o'r diwedd, cafodd ddigon o nerth i weud, 'Priodas dda i chi'ch dou – gobeithio y byddwch chi'n hapus.'

Cafodd fwy o gymeradwyaeth na neb, ac fe gododd Anti Mary, mynd ato, a rhoi cusan ysgafn ar ei foch. Ro'n inne hefyd yn llefen erbyn hyn, a chododd hynny gywilydd arna i, achos roedd pawb i'w gweld mor hapus.

Pawb? Roedd byd dau ohonon ni'n mynd i fod dipyn tlotach a llwytach o ganlyniad i'r briodas – fedrai'r howsciper byth â chymryd lle ei ferch i Mr Puw, ac roeddwn inne wedi colli'r unig un y medrwn ymddiried ynddi, yr unig un y gallwn arllwys fy ngofidie a dweud fy nghyfrinache wrthi.

Hi gymerodd le Mamo yn fy mywyd.

4

Ro'dd popeth drosodd – y seremoni, y gwledda, y cyfarchion a'r cusanu. Fe dreiodd Alun 'y nghusanu i, i ddiolch i fi, mynte fe, am fod yn forwyn briodas mor arbennig. Lwts i gyd o'dd hynny, achos yr unig beth wnes i o'dd dala blode Anti Mary – neu Mary Prydderch fel y byddai o heddi mlaen. Do'dd dim rhaid iddi hi fynd i swyddfa'r cyfreithiwr i newid ei henw. Ro'dd priodi'n gwneud y tro. Ond i sôn am y busnes cusanu 'ma. Mae sgrydie oer yn mynd lawr 'y nghefen i pan mae dyn – unrhyw ddyn – yn anelu at roi cusan i fi; a wy wedi dysgu'r grefft o'i osgoi a gwyro 'mhen, ac rwy'n dala fy llaw dde'n barod i roi whampen o wirell iddo ar ei foch pe digwyddai fynd yn 'waetha di – waetha dithe'. Ych a fi!

Ar ddiwedd y dathlu aeth y pâr ifanc bant yng nghar Alun yn ôl i Bengwern, a'r bobl a'r plant yn taflu reis atyn nhw yn y car – digon o reis i fwydo ieir Pengwern am fis.

Dilynodd Mr Puw a finne nhw – Mr Puw yn gyrru, a Tom yn eistedd wrth ei ochr.

'Er mwyn popeth, Tom, tynna'r capan gwirion 'na – rwyt ti'n edrych fel Jac y rhaca.'

'Beth yw hwnnw, Mistir?'

'Rhywun yn gwmws 'run peth â ti.'

A dyna'r unig sgwrs fu rhyngom ni bob cam o'r ffordd adre.

Cyrraedd Pengwern wedi blino'n swps ar ôl y cyffro a'r dathlu. Chware teg i'r howsciper newydd, ro'dd hi wedi paratoi te 'ffit i'r brenin' i'n disgwyl ni adre, ond doedd 'da neb le yn ei stumog i'r un briwsionyn. Rwy'n credu y gwnaiff Miss Walters howsciper iawn ar ôl i Anti Mary fynd – ond wrth gwrs lenwith hi byth mo lle honno – ac yn ddistaw bach wy'n credu hefyd y gwnaiff hi les y byd i Mr Puw o beidio cael ei faldodi gymaint.

Daeth Anti Mary i'n cwrdd wedi newid, ac yn edrych yn bert iawn mewn ffrog las ddi-lewys. Ro'dd ei llygaid yn sgleinio, gwên fodlon ar ei hwyneb, a hapusrwydd yn serennu o'i chylch.

'Cer i newid, Jane' – dyna falch oeddwn i o'i chlywed yn fy ngalw wrth f'enw newydd.

Es lan i'r stafell wely – ei stafell wely hi – ac yno wedi'u gosod ar waelod y gwely o'dd dillad priodas Alun. Byddai Alun a hithe'n cysgu yn yr un gwely heno! Wnes i ddim sylweddoli tan y funud honno fod cyd-gysgu yn un o reolau priodas, a rhywsut ciliodd fy llawenydd, a phenderfynais ei heglu 'ddi sha thre cyn gynted ag y medrwn. Daeth rhyw embaras drosof, yn gwmws fel petai Anti Mary wedi cael ei rhwydo i wneud rhywbeth pechadurus, aflednais. Ciliodd fy llawenydd a chododd trueni 'da fi dros Anti Mary.

Tynnais fy ffrog grand a dod o hyd i fy nillad bob dydd. Ro'dd y diwrnod wedi colli'i ramant a'i sglein, a rhaid oedd i mi gael amser i feddwl, dod i delerau ag ystyr priodas – y cyd-gysgu a'r cyd-fyw.

'Anti Mary, wy'n credu yr a' i 'nôl adre i Nant-y-wern. Rwyf wedi blino'n sobor.'

'Ti ŵyr ore 'nghariad i. Rwyf inne wedi blino hefyd, mae wedi bod yn ddiwrnod mowr yn fy hanes. Byddwn yn cychwyn ben bore i fynd i'r Alban ar ein mis mêl, ac mi fydd raid i Alun a finne fynd i'r gwely'n gynnar heno.'

Dyna fe. Gwely eto! Ro'dd hi'n swno fel petai'n edrych mlaen at fynd i'r gwely gydag e.

Gafaelodd yn dynn ynof. 'Rwy'n meddwl y byd ohonot ti, Jini fach – sori, Jane – a diolch iti am fod yn forwyn briodas mor annwyl ac mor bert. Fe ga i dy weld ti pan ddown ni 'nôl o'r Alban.'

A bant â fi ar fy meic i Nant-y-wern i f'ystafell wely, lle cawn lonydd i feddwl, ac i geisio gwneud synnwyr o wir ystyr priodas, a cheisio deall pam o'dd yn rhaid i ŵr a gwraig nid yn unig gyd-fyw 'da'i gilydd, ond cyd-gysgu hefyd.

Roedd yr iselder ysbryd a'm llethai wedi diflannu'n llwyr yn ystod y dydd, ond erbyn hyn ro'dd e 'nôl eto, ac yn cnoi fel crafu tragwyddol y tu mewn i mi.

Gadewais y beic i bwyso ar y wal yn ymyl drws y ffrynt, gan obeithio y byddai un o'r morwynion yn ei weld a'i symud i'r cefen. Rhuthrais i'r tŷ.

'Jane, ti sy 'na? Dere 'ma i ni gael yr hanes 'da ti. Fues i ddim yn y festri – dim ond yn y capel.'

'Wy wedi blino, Dad-cu, a wy'n mynd i'r gwely'n gynnar.'

A bant â fi i'r llofft cyn y gallai neb arall gael gafael ynof. I'r llofft i ganol y dodrefn cyfarwydd a'r gwely mowr pedwar postyn – y dodrefn oedd yn y pen-ucha yn Llety'r Wennol, a'r gwely lle bu Mamo farw. Er bod y cyfan yn gorlifo o atgofion poenus, dyma'r unig fan lle teimlwn yn wirioneddol gartrefol, a hwn hefyd oedd yr unig fan lle medrwn uniaethu â mi fy hun. Er fy mod i wedi diosg yr enw hurt Jini John, ac yn falch o gael gwneud hynny, eto i gyd fel Jini y meddyliwn ac y cofiwn – fe gymerai amser i mi ddod i adnabod Jane Lloyd-Williams.

Teflais fy hun ar y gwely, a llefen yn ddireol. Pam, wn i ddim yn iawn. Yn un peth, roedd y cofio'n drech na mi, ac roedd colli Anti Mary, a fu fel ail fam i mi dros y blynyddoedd, yn loes i mi.

A dyna hi wedi priodi. Gobeithio i'r nefoedd y caiff hi fywyd priodasol hapusach nag a gafodd Mamo, druan fach. Fedra i byth tra byddaf byw anghofio'r hyn a glywn i o'r dowlad pan o'n i'n blentyn ifanc iawn. Cofio'r gwely'n clindarddan, a Mamo'n llefen am oriau ar ôl hynny, a Dyta'n chwyrnu cysgu. Minne'n ffaelu'n lân â chysgu gan y tybiwn ei bod yn wirioneddol sâl. Holi 'ddi drannoeth, 'Ydych chi'n well heddi, Mamo?'

'Wy'n iawn, paid â holi.'

Ac yna fe dreiodd Dyta yr un peth â fi. Rhyw wyth oed oeddwn ar y pryd, ac mi ges i ofn dychrynllyd. Ond trwy drugaredd fe glywodd Mamo fi'n sgrechen a sgyrnigo, a byth oddi ar hynny, fi o'dd yn cysgu yn y gwely mawr 'da Mamo. Esgymunwyd Dyta i'r dowlad.

Erbyn hyn wy'n deall tipyn bach mwy obeutu

trais a rhyw, ac am gamwedde dynion. Dyna pam wy'n becso fod Anti Mary yn gorfod cysgu 'da dyn ar ôl priodi. Mi ofynnes iddi unwaith ynglŷn â hynny, ac mi ges i esboniad ganddi ar y gwahaniaeth rhwng cariad glân a chariad aflan. Dwi ddim yn siŵr fy mod yn deall y gwahaniaeth yn iawn. Ond roedd hi'n hollol amlwg ei bod yn barod iawn i fynd i'r gwely gydag Alun. Gobeithio'n wir y byddan nhw'n mwynhau eu hunain yn yr un gwely!

Chysges i ddim am hydoedd. Roeddwn wedi cynhyrfu drwof. A'r drwg o'dd na fedrwn i ddim gofyn am gyngor nac esboniad gan neb. Roedd Marged yn hen, ac yn henffasiwn. Hi fagodd Mamo o'r crud. Daeth i Nant-y-wern 'mhell dros chwarter canrif yn ôl fel nani i warchod a magu Mamo, pan fu farw ei mam – fy mam-gu i – ar enedigaeth ei hunig blentyn. Ac yma yr arhosodd hi, i drefnu pawb a phopeth – pawb ond Dad-cu.

Hi fyddai'n cystwyo'r morynion, yn gofalu bod pob gwas a morwyn, pob ci a chath, y peunod a'r ieir, yn cael eu gwala o fwyd. Hi fyddai'n gofalu fod pob darn o gopor a phres yn sgleinio, a'r dodrefn yn arogli o gŵyr gwenyn. Mynnai fod y ddwy forwyn yn gwisgo dillad cymwys at eu gwaith – ffedoge sachliain yn y bore, a brate gwynion â lês yn eu haddurno yn y prynhawn ac, wrth gwrs, cape bach twt ar y pen. Ro'dd Marged yn leico tipyn o steil – Miss Lewis o'dd hi i bawb heblaw Dad-cu a fi. Fe dreiodd Marged ei gore glas i gael pawb i 'ngalw i yn 'Miss Jane', ond na, dim

27

diolch, fe rois i stop ar y swache 'ny. Fe ges i
nghodi'n rhy dlawd a chyffredin i haeddu'r teitl
aruchel hwnnw. Mi fyse Dyta wedi mynd yn
wallgo petai'n clywed rhywun yn fy ngalw'n 'Miss
Jane'. 'Un o'r blydi werin ydw i, halen y ddaear, i
ddiawl â'r crachach' – dyna un o adnodau Dyta.

Ro'dd yr atgofion yn twmlo mas wrth i mi
orwedd ar y gwely mawr pedwar postyn, a
gwaetha'r modd, atgofion trist oedden nhw bron i
gyd. Na, ches i ddim plentyndod hapus. Fues i
erioed yn chware 'da unrhyw blentyn hyd nes i mi
fynd i'r ysgol, a'r unig chware arall ges i o'dd gyda
Sara a Mari yng Nglan-dŵr – chware *snakes and
ladders* a snap gyda cardie – cardie'r diafol fyddai
Mari'n ei galw. Ni fyddai byth yn gwneud dim â
nhw. Byddai'n rhaid i mi fynd i'w gweld hefyd –
nhw fu fy nghysur mewn storom, a dyw chwe
milltir ddim yn rhy bell ar y 'ceffyl haearn', chwedl
Dad-cu.

Cnoc ar y drws i dorri ar f'atgofion. 'Jane, dere
lawr, mae swper ar y ford.'

'Wy ddim eisie swper, diolch, Marged.'

'Wyt, wyt.'

Ro'dd Marged wastad yn gwbod ore, ac yn
gwbod hyd a lled stumog pawb.

'Plis, Marged, wy wedi blino, wy eisie cysgu.'

'Mi gaiff Magi ddod lan â the a bara menyn jam i
ti.'

Fe allwn i ddiodde Magi, ac fe fydde Magi wrth
ei bodd yn cario claps i fi. Merch un o'r gweision
o'dd Magi, ac fe gawn y glonc i gyd 'da hi. Heno,

hanes rhyw fachgen o'r enw Jac o'dd y testun siarad, bachgen a'i canlynai adre o'r capel bob nos Sul – bachgen o'dd Miss Lewis wedi ei gwahardd rhag ei weld, achos fod ei dad ar ryw dro ar fyd wedi bod yn y carchar a bod 'blas y cyw yn y cawl'.

'Sda fi ddim syniad beth mae'n 'i feddwl hanner yr amser. Rwy i wedi dysgu peidio â gwrando arni hi "Madam". Sori, ond dyna'r enw sy gyda ni arni yn ei chefen.'

Anwybyddes yr enw, o barch i Marged, a dweud, 'Magi, mae Miss Lewis yn meddwl yn dda ac mae hi'n hoff ohonoch chi.'

'Hy,' snochlyd. 'Mae'n fwy hoff o Ledi y ci nad yw hi ohono i a Lisi. Fe gewch chi ei chlywed hi'n gweiddi arna i whap.'

A gwir o'dd y gair. 'Magi, lawr ar unweth, rhowch lonydd i Miss Jane fwyta'i swper. Ar unweth, Magi.' A gorfod i Magi druan ateb yr alwad 'ar unweth'.

O'dd, ro'dd 'na ddwy ochor i Marged Lewis – Marged o'dd un, y wraig garedig a alwai Jane arna i o'r crud, y wraig a addolai Mamo, pan o'dd pawb arall yn gweld bai arni, un a ofalai am gysur Mr Lloyd-Williams, ac a gymerai falchder yng nglendid ac urddas Nant-y-wern. Y llall o'dd Miss Lewis, teyrn yn y gegin; un a ofalai fod pob creadur byw arall yn y lle yn ufuddhau i'w gorchmynion. Tynnai mas ei rheolau ei hunan, a gwae'r sawl a fentrai anwybyddu ei hawdurdod. Doeddwn i ddim yn rhyw hoff o Miss Lewis, a ffaelu'n deg â'i chysoni â Marged. Ydy'r ddeuoliaeth yma'n rhan o bersonoliaeth pawb? Ydw i'n gallu bod yn ddau berson hollol wahanol? Yn neis-neis ar dro, ac fel y diawl dro arall?

Yn siŵr i chi, dyn fel'na'n gwmws o'dd Dyta. Joli boi weithie, ac fel y gŵr drwg ei hunan yn amlach na pheidio. 'Angel pen-ffordd a diawl pen pentan.' Dyn garw – garw ei iaith, a garw ei ymddygiad – a dwi byth eisie ei weld eto, dim byth. Yr hen abo shwt ag o'dd e.

5

'Jane, rwy'n mynd i'r dre heddi i chwilio am lojin i ti. Mae'n rhy bell i ti ddod adre bob nos, ac mi fydd yn rhaid i ti aros o ddydd Llun i ddydd Gwener mewn lle fydd yn gyfleus i'r ysgol.'

Roeddwn yn barod iawn i gytuno â phob awgrym o eiddo Dad-cu, achos ro'dd mynd i'r Cownti Scŵl wedi bod yn ganolbwynt fy mywyd ers dros flwyddyn bellach – 'Rhaid o'dd stico yn yr ysgol er mwyn dod mlaen yn y byd, ac er mwyn bod yn annibynnol' – fel adnod o'r Beibl y byddai'n rhaid i mi ei dilyn a'i gwerthfawrogi.

Felly bant â ni, Dad-cu a finne, yn y trap a'r gaseg wen i'r dre, taith o ryw ddeng milltir, tua'r môr. Roedd yn amlwg fod Dat-cu wedi gwneud ymholiadau ymlaen llaw, achos ro'dd e'n gwbod yn gwmws ble i fynd. A dyma gnoco ar ddrws cyffredin, tŷ mwy cyffredin, mewn stryd mwy cyffredin fyth, a dyma fenyw fach deidi, mewn brat ffansi, ei gwallt du sglein yn fwlyn twt ar dop ei phen, yn ateb y gnoc.

'Mr Lloyd-Williams a Miss Jane, dewch miwn 'ch dau. Mae'n ddiwrnod ffein, on'd yw hi?'

Ond doedd Dad-cu ddim wedi dod yno i siarad am y tywydd.

'Bydd yn rhaid i Jane ga'l stafell ar ei phen ei hun i stydio.'

'Ro'n i'n meddwl y byddai'n fwy cysurus i fod yma yn y gegin yn yr un stafell â ni.'

'Pwy yw ni?'

'Fi a Miss Owen. Ma' Miss Owen yn gweitho yn siop Cloth Hall, a dyw hi ddim yn y tŷ un nosweth tan wyth o'r gloch. Fe fyddwn yn ca'l swper 'da'n gily' radeg honno. Fe fyddai Miss Jane wedi cwpla ei gwaith cartre cyn 'ny.'

'Shwt y'ch chi'n gwbod 'ny?' mynte Dad-cu yn eitha ffwr-bwt. 'Rhaid i fi gael gweld ei stafell wely.'

A lan â ni'n tri, di-pwmp, di-pamp, lan y stâr gul â'r oil-cloth brown i'r llofft.

'Hon fydd stafell Miss Jane.'

Rhoddodd Dad-cu un bip mewn, a mynte fe'n awdurdodol, 'Wnaiff honna mo'r tro. Mae'n llawer rhy fach. Beth am y stafell ffrynt?'

'Fi a Miss Owen sy'n cysgu fan'na.'

A dyma Dad-cu yn agor y drws yn ddiseremoni a dweud, 'Fe all Miss Jane ga'l hon – ma' lle tân yma hefyd – bydd angen tân arni pan oerith y tywydd.'

Aeth Miss Jones yn fud, a gwelodd Dad-cu ei gyfle. 'Fe allwch chi a Miss Owen fod ar wahân yn y ddwy stafell fach. Fydd dim rhaid i chi gysgu da'ch gily' wedyn.'

Ro'dd Miss Jones wedi'i syfrdanu – do'dd ganddi ddim ateb i ddyn fel Dad-cu.

'Faint 'ych chi'n godi?'

'Saith a chwech, a ma' hynny'n cynnwys brecwast a swper o ddydd Llun tan ddydd Gwener. Ma'r plant sy'n lojo'n mynd lawr i'r dre i ginio.'

'Mi faswn i'n hoffi i Jane ga'l ei chinio fan hyn. Fe ofala i 'ych bod chi'n ca'l digon o fwyd o Nant-y-wern i weitho cinio iddi, ac o achos hynny, ac am fod Jane yn ca'l y stafell ffrynt a thanllwyth o dân pan fo 'i angen, fe dala i bymtheg swllt yr wythnos i chi.'

Fe ddadebrodd Miss Jones o'i syfrdandod. Do'dd ganddi ddim ateb i Dad-cu, ond fe lwyddodd i ddweud mewn llais bach crynedig, 'Thenciw, Mr Lloyd-Williams. Diolch, diolch yn fowr.'

'Mi fydd angen ford ar Miss Jane i wneud ei gwaith cartre, ac os nad o's gyda chi ford bwrpasol, mi ofala i am hynny hefyd.'

A dyma hi eto yn dechre â'i diolchiadau gwasaidd.

'Iawn,' mynte Dad-cu, 'fe fydd y ford a thipyn o fwyd – tato, wye ac yn y bla'n – 'ma 'rwthnos nesa, a Jane mhen pythefnos. Gofalwch ar 'i hôl hi – rhowch ddigon i'w fwyta iddi, a llonydd iddi wneud ei gwaith. Os bydd hi wrth ei bodd fe godaf y tâl i bunt yr wythnos.'

A bant â ni, gan adael Miss Jones yn gegrwth. Ddwedes i 'run gair trwy'r drafodaeth, dim ond edrych o gwmpas a rhyfeddu at sglein a glendid y tŷ twt.

Ie, tŷ bach digon cyffredin oedd Rhif 10, Stryd Cambrian. Penderfynais beidio â chwyno. Pwy hawl o'dd 'da fi gwyno, a finne wedi ca'l fy magu mewn tlodi, mewn bwthyn llwm heb le tân yn y llofft, na ford i sgrifennu arni?

Ro'dd yr haul yn araf ddiflannu dros y gorwel, ac wrth ddynesu tuag adre gofynnodd Dad-cu yn drist feddylgar, 'Hoffet ti alw i weld y bedde, Jane?'

Wyddwn i ddim beth i'w weud yn iawn. Rown i wedi penderfynu peidio â meddwl rhyw lawer am y bedde, achos rown i wedi dod i'r casgliad erbyn hyn ynglŷn â'r corff a'r ysbryd. Mi fues yn pendroni am nosweithiau lawer, a dod i'r casgliad, 'run peth ag Anti Mary, taw'r Ffeirad o'dd yn gwbod ore – ac ro'dd hwnnw'n dweud mai cragen wag o'dd ar ôl yn y bedd, a bod yr ysbryd wedi hedfan i'r nefoedd. Ro'dd 'da fi f'amheuon o hyd, ond wedi'r cyfan ro'dd y Ffeirad yn gwbod mwy na fi – ro'dd wedi cael addysg, blynyddoedd yn y Cownti Scŵl a blynyddoedd yn y Coleg ar ôl hynny. Ond yn wir ro'dd yn anodd 'da fi gredu'r holl gabalwtsh ddwedodd e yn angladd Mamo.

'Jane, dere mlaen, 'merch i.' Doedd llais Dad-cu ddim mor awdurdodol ag arfer.

Dilynais ef linc-di-lonc at feddau'r teulu. Ro'dd bedd Mamo erbyn hyn yn bridd coch a phob blodyn wedi gwywo. Ond roedd y dorch wydr yn dala yno yn ei holl ogoniant ffug. Dyna'r dorch roddodd Dyta – 'Er cof am fy annwyl wraig'. Yr 'annwyl wraig' a ddibrisiodd ac a siabwchodd dros y blynyddoedd. Cefais awydd i'w lluchio dros y clawdd i'r ochor draw, ond ateliais yn sydyn. Efallai bod y ddau wedi caru'i gilydd ar ryw dro ar fyd, ond welais i erioed arwydd o hynny.

Ond ble o'dd Dad-cu? Yna gwelais e. Dyna lle ro'dd e'n penlinio, ei gorff yn unlliw â'r garreg farmor fawreddog. Ro'dd e'n yngan rhyw eiriau annealladwy, yn amlwg yn siarad â rhywun a'r dagrau'n twmlo lawr dros ei ruddiau. Erbyn hyn ro'dd y nos yn cau amdanom.

'Dewch Dad-cu, mae'n nosi, ac yn oeri hefyd.'

Cododd yn ara, sychodd ei ddagrau a dweud mewn llais crynedig, 'Rhaid dod â blode ar y bedde, fory nesa.'

A sylweddolais am y tro cyntaf beth o'dd gwir gariad. Ro'dd Dad-cu – ar ôl yr holl flynyddoedd – yn dala i hiraethu ar ôl ei wraig, ac yn dala i'w haddoli.

Roeddem ill dau wedi colli sgwrs a bu distawrwydd yr holl ffordd adre. Roeddem ill dau yn y tawelwch a'r tywyllwch yn deall ein gilydd o'r diwedd, a chefais rhyw deimlad cynnes yn gafael ynof – teimlad o ddiolchgarwch 'mod i o'r diwedd wedi dod o hyd i ddyn y gallwn ymddiried ynddo a'i garu.

Daeth un o'r gweision i gymryd gofal o'r trap a'r poni, ac roedd Marged fel arfer ar ben drws yn groeso ac yn ffwdan i gyd.

'Ry'ch chi'n hwyr iawn. Ble ry'ch chi wedi bod? Mae'r swper wedi difetha'n llwyr wrth ddisgwyl amdanoch.'

'Wy ddim eisie swper – glased o laeth, dyna i gyd,' mynte Dad-cu.

'Na finne chwaith, wy'n mynd i 'ngwely ar unwaith.'

Cafodd Marged siom, ond synhwyrodd mai doethach o'dd tewi.

Mae rhai adegau prin mewn bywyd pan na

fedrwch ddioddef neb na dim. Neb – ond chi eich hunan.

Bant â fi i'r cae nos i synfyfyrio ac i hiraethu, ond gyda 'mod i yn y gwely, dyma Marged yn ffys i gyd â'i llaeth twym.

'Wy ddim am e, Marged.'

Ond ro'dd Marged yn gwbod yn well. Gwyddai hyd a lled stumog pawb.

'Wyt, wyt.'

'Marged, wy wedi blino, wy eisie cysgu.'

Ond doeddwn naws gwell o stwbwrno.

'Yfa'r llaeth 'na, 'na roces dda – 'da fi stori i weud wrthot ti.'

'Marged, wy'n rhy hen nawr i ga'l stori tylwyth teg cyn mynd i gysgu.'

'Ond nid stori tylwyth teg mo hon. Stori wir bob gair. A do's yr un enaid byw wedi'i chlywed hi o'r blaen.'

'Ôl reit, ond peidiwch â 'meio i os af i gysgu cyn 'i diwedd hi.'

'Dyw hi ddim yn hawdd i fi ei dweud chwaith ar ôl yr holl flynydde.'

A dyma hi'n hanner gorwedd ar y gwely wrth f'ochr i, a'i thraed dan y blanced. Pesychodd a thynnu anadl ddofn.

'Ro'dd dy fam wedi hen briodi pan drawodd y ffliw y wlad; ro'dd pawb yn sâl yn Nant-y-wern – pawb heblaw am dy dad-cu a Meri Ann y forwyn fach. Ro'dd yn rhaid i Meri Ann wneud popeth ar ben 'i hunan bach – tendo'r cleifion, godro, bwydo'r moch a'r ffowls, y cŵn a'r gwartheg, a gweitho bwyd i dy dad-cu.'

'Dad-cu? Beth o'dd e'n 'i wneud 'te?'

'Ro'dd e'n helpu, wrth gwrs, ond o'dd digon o waith 'dag e i ofalu ar ôl y ceffyle a'r anifeiliaid eraill. Do'dd e 'rioed wedi dysgu shwt i odro. Gŵr bonheddig yw Mr Lloyd-Williams, ac wedi bod felly eriod.'

'Reit, bant â'r cart – wy'n gwrando, ond peidiwch â bod yn hir, wy jyst â marw eisie cysgu.'

'Rown i'n sâl, digon sâl i farw, a bu mwy farw o'r ffliw honno ng a fu farw yn y rhyfel.'

'Ie, wy'n cofio'n iawn am y ffliw honno – ewch mlaen â'ch stori, wy bron â marw eisie cysgu.'

'Rown i'n sâl, yn sâl fel ci, digon sâl i farw.' Tynnodd Marged anadl ddofn eto. Roedd yn amlwg ei bod yn cael gwaith mynd mlaen â'r stori.

'Wel, bûm yn hofran rhwng byw a marw am ddiwrnode, byta dim a chwysu fel mochyn. Ac un nosweth da'th dy dad-cu â chwpaned o la'th twym i fi, a joch go lew o wisgi ynddo. Rhoes ei law'n dirion wrth fy nghefen i'm codi lan, ond roeddwn yn rhy wan hyd yn o'd i eistedd, a rywsut neu'i gilydd fe lithrodd miwn i'r gwely ata i. Ro'dd hi mor dwym a finne mor chwyslyd fel iddo dynnu'i ddillad ucha bant. Ches i rioed ddyn mor agos ata i ag o'dd Mr Lloyd-Williams 'radeg honno. Ma' nhw'n dweud fod twymyn yn medru rhoi rhyw nerth afreal i ddyn; ces inne nerth o rywle, o'r goruchaf ma'n siŵr 'da fi, i grafangu amdano, ac i dynnu ei ddillad isa bant, a gwthio fy nghorff yn nwydwyllt at ei gorff e. Wnaeth ynte mo 'ngwrthod i chwaith. Rown i yn y nefoedd, a sylweddolais yn fy ngwendid beth yn wir o'dd gwir bwrpas menyw ar y ddaear. Glynais wrtho, cusanes ef yn wallgo, rown i ar dân, a chysges yn ei freichiau.

'Dihunais fore drannoeth a'r haint wedi fy ngadael, a Mr Lloyd-Williams ynghyd â'r chwys a'r gwres wedi fy ngadael hefyd. Cofiais am y noson cynt. Breuddwyd hunllefus! Na, ro'dd fy noethni i, y lla'th heb ei yfed ar y bwrdd, a chyflwr dillad y gwely, yn dweud y cyfan. Daeth y cwbwl 'nôl i mi yn hollol eglur, ac rown i'n falch, yn ymhyfrydu 'mod i wedi cael y profiad. Ac fe fydda i'n ddiolchgar am byth am y profiad hwnnw. Rown i'n fenyw gyflawn o'r diwedd.'

Rown i'n fud. Y siom! Rhyw awr cyn hynny roedd Dad-cu'n gweddïo'n ddagreuol uwchben bedd ei wraig.

'Rwyt ti'n ddistaw iawn, Jane; dwed rwbeth.'

'Sdim i'w ddweud – wy wedi cael siom. Rhag eich cwilydd chi'ch dau.'

'Ond gwranda, Jane fach, doedd dim bai ar dy dad-cu, fi tynnodd e ata i, rown i ar dân, yn wallgo wyllt.'

'A does dim edifar 'da chi – dim cywilydd?'

'Nagoes, dim – dim o gwbwl. Ma'r profiad yna wedi bod yn gysur mawr i mi byth oddi ar hynny. Wy'n gwbod nawr beth yw byw a beth yw pwrpas menyw yn y byd 'ma.'

'Dych chi ddim hanner call. Hwnna o'dd yr unig dro?'

'Ie, wy ddim wedi sôn amdano wrth neb arall eriod. A phaid tithe chwaith ag yngan yr un gair wrth undyn byw. Gofala.'

'Na, mi fydd gormod o gywilydd arna i i sôn wrth neb am eich pechod.'

'Wnath yr un ohonon ni bechu, Jane.'

'Pechod wy'n 'i alw fe. Ond pam adrodd yr hanes aflan wrtho i, ar ôl yr holl flynyddoedd?'

'Ro'dd dy Dad-cu wedi gofyn i mi esbonio rhyw gymaint i ti am ffeithiau bywyd cyn dy fod ti'n mynd i'r ysgol uwch, a dyna'r unig brofiad ges i 'rioed o ryw.'

Oni bai 'mod i mor siomedig, mi fuaswn wedi chwerthin yn ei hwyneb. Fe wyddwn i fwy am ffeithiau bywyd, am ryw, ac am drais hefyd, yn ddeuddeg oed, nag a wyddai hi'n hanner cant.

6

Ond roeddwn wedi cael fy siomi – yn imbed. Dad-cu o bawb! Fe ddwedodd Anti Mary wrtho i fod Dad-cu yn ddyn cywir iawn, na fase fe byth bythoedd yn achub mantais ar neb. Ond fe wnaeth.

Do fe?

Ond falle taw ar Marged o'dd y bai wedi'r cwbwl. Hi dynnodd ef ati, ond wnath e mo'i gwrthod. Fedra i ddim amgyffred y busnes rhyw 'ma – y gwahaniaeth rhwng gwir gariad a chariad aflan. Ond yn ôl Marged roedd y gyfathrach a gafwyd rhyngddi hi a Dad-cu yn gysegredig, yn brofiad nefolaidd!

Ac roedd Anti Mary mor bell, draw rhywle yn ngogledd yr Alban, a mwy na thebyg yn mwynhau cyfathrach rywiol 'da'i gŵr. Dim ond ganddi hi y medrwn i gael esboniad ar drychinebau dyrys yr hen fyd 'ma.

Anghofio'r cwbwl fyddai orau, a chanolbwyntio ar f'addysg a pharatoi fy hunan i fod yn fenyw annibynnol, gall.

I ddechre byddai raid i mi gael cês i gario fy 'chydig bethe i'r tŷ lojin. Do'dd Marged a fi ddim ar delere da iawn ar ôl i mi glywed y stori syfrdanol, gyfrinachol 'na a glywes ganddi. Byddai'n rhaid i mi sôn wrth Dad-cu am y ces.

'Ga i fynd i'r dre dy' Sadwrn, Dad-cu, i brynu ces i gario fy mhethe i'r tŷ lojin? Ma' bws yn mynd ar ddydd Sadwrn.'

Rown i eisie cadw draw oddi wrth Dad-cu hefyd, 'run fath â Marged, ond fedrwn i ddim, achos addewid yw addewid; a pheth arall, fedrwn i ddim fforddio bod ar delerau gwael â Dad-cu – fe o'dd ceidwad y pwrs!

'Wyt ti am i fi ddod 'da ti?'

'Na, dim diolch, fe a' i fy hunan.'

'Falle daw Marged 'da ti.'

'Na, base'n well 'da fi ga'l Magi'n gwmni.'

''Na fe 'te, fe ddaw Magi 'da ti. A dyma bapur pumpunt i chi'ch dwy ga'l talu am y bws, ca'l pryd o fwyd, ac unrhyw beth arall rwyt ti'i eisie. A dyma bumpunt arall i ti brynu ces – un lleder, cofia.'

'Diolch, diolch, Dad-cu, mae hyn yn ormod o arian o lawer.'

'Twt, twt, wy'n credu dy fod yn groten ddigon call i'w hala'n ofalus. A wy ddim eisie newid, cofia.'

Ro'dd hanes ei garu 'da Marged wedi rhoi siglad i fi, a theimlwn yn siomedig iawn ynddo. Ond fedrwn i byth ei gyhuddo. Rhywsut, roedd yn haws 'da fi gredu stori Marged; mai arni hi o'dd y bai – taw hi o'dd yn trachwantu am y profiad. Ych a fi!

Rhedeg i whilo am Magi, a dyna lle ro'dd hi, pwr dab, ar 'i phenlinie'n sgwrio llechi'r gegin gefen.

'Magi, cer i ymolch a newid ar unweth – wyt ti'n dod 'da fi i'r dre.'

'Pwy sy'n gweud?'

'Fi – a Dad-cu. Dere mlaen, mwstra – mae'r bws yn mynd mhen ugen munud.'

'Fe fydd Miss Lewis yn sobor o grac.'

Ac ar y gair dyma hi, Miss Lewis, yn ymddangos.

'Be sy'n bod? Beth yw'r ffws?'

'Rwy'n mynd i'r dre, Marged, a ma' Magi'n dod 'da fi'n gwmni.'

'Pwy wedodd 'ny?'

'Dad-cu.'

Rown i'n dala'n duch tuag ati, ond teimlais ei bod hi'n well i mi esbonio. 'Ma'n rhaid i fi brynu ces i fynd i'r Cownti Scŵl.'

Gwnaeth Marged rhyw fath o ebychiad a swniai fel dafad yn pesychu.

'Wel, os ydy Mr Lloyd-Williams wedi gweud, ma'n well i ti baratoi i fynd, ond cofia bydd sgrwbo'r llawr 'ma yn dy ddisgwyl di 'nôl. A phaid â bod yn hwyr.'

Bant â ni'n dwy i ddal y bws yn y pentre – rhedeg bob cam rhag ofn i ni ei golli. Ro'dd hyd yn oed teithio mewn bws yn antur i mi. Pan o'n i'n blentyn yn Llety'r Wennol do'n i byth yn cael mynd i unlle ymhell o gartre – cerdded i'r ysgol bob dydd, cerdded dros y bryn i dŷ Anti Mary, dysgu marchogaeth yno, ac yn ddiweddar reido mewn car 'da Anti Mary, ac mewn trap a phoni 'da Dad-cu.

Weles i 'rioed mo Mamo'n mynd i unman – dim ond cerdded dros lwybr y postman i Bengwern, pan o'dd Dyta'n ddigon pell bant yn yr armi. Ro'dd hi'n hollol gaeth i'w chartre. Druan â Mamo!

Pwlffen o groten fach dew o'dd Magi, yn wên ac yn gariad i gyd. Talu cludiad y bws i ni'n dwy â phapur pumpunt – y gyrrwr yn edrych yn amheus arna i, a gofyn yn sarrug, 'Beth yw d'enw di, a ble rwyt ti'n byw?'

Magi'n rhuthro i ateb drosof. 'Jane Lloyd-Williams, ac mae'n byw yn Nant-y-wern.'

'O.' Dyna i gyd, ac estyn y ddou docyn a'r newid i fi.

'O'dd y dyn yna ar y dechre'n credu dy fod wedi dwgyd yr arian. Taswn i wedi rhoi'r bumpunt iddo, byddai wedi gweud wrth y polîs.'

'Na fydde Magi, wyt ti'n gor-weud nawr.'

'Bydde, sdim tw-twts amdani. Do's 'da'n siort i ddim hawl cario papure pumpunt yn ein pwrs.'

Cyrraedd y dre, a mynd ar ein hunion i siop Jones y Sadler. Gwynt hyfryd lleder yn llenwi'r lle. Gofyn am weld cesys. Hwnnw'n estyn rhyw bethe digon ffrit i ni.

'Lleder, os gwelwch yn dda, Mr Jones.'

'Odw i fod i nabod chi'ch dwy, gwedwch?'

Dyna ffordd boléit y siopwr o gael gwybod pwy o'n ni, a phwysicach fyth a fedrwn i fforddio talu am ges lleder. A chyn i fi gael amser i ateb, dyma Magi'n bwrw iddi a gweud, 'Miss Lloyd-Williams, Nant-y-wern yw hi, Mr Jones.'

'Of course, of course – nabod eich Dad-cu'n iawn.'

A chyn pen chwincad dyma hanner dysen o gesys lleder yn disgyn o mlaen i.

'Dyma i chi ddewis da, Miss Lloyd Williams – real leather, the very best.'

Dewisais un a gostiai bedair punt a chwe cheiniog, ac fe ges bunt o newid, chware teg iddo;

43

ac fe brynais fag lleder i gario llyfrau ar f'ysgwydd â'r bunt oedd yn weddill.

'Wnewch chi gadw'r ces a'r bag yn y siop, os gwelwch yn dda, nes ei bod hi'n amser dala'r bws?'

'With pleasure, Miss Lloyd-Williams, thank you kindly.'

'Dyn neis, Magi.'

'Ife wir. Wna'th e ddim sylw ohono i. A fydde fe ddim wedi gwneud sylw ohonoch chithe chwaith oni bai mai chi yw Miss Lloyd-Williams, Nant-y-wern.'

'Paid â siarad yn dwp, Magi.'

'Wy'n nabod yr hen fyd 'ma'n well na chi wedi'r cyfan, Jane.'

Do'dd 'da fi ddim ateb i hynna.

'Dere Magi, i weld be sy yn y siope 'ma.'

'Leicen i ga'l dished o de cyn mynd i siopa. Ches i ddim cinio cyn cychwyn – o'dd yn rhaid i fi bennu sgwrio'r llawr yn gynta, ac wy bron â starfo.'

Miss Lewis eto, meddyliais – ro'dd hi'n fenyw mor wahanol i'r Farged a adwaenwn i.

'Reit, Magi, ble gawn ni fynd? Rwyt ti'n nabod y dre 'ma'n well na fi.'

'Dere i ni ga'l mynd i'r Queen's Café – fanna ma'r swancs i gyd yn mynd.'

Ac i'r Queen's Café at y swancs â ni – prynu ddwy ddished o de, a thair 'cream cake' anferth – un i fi a dwy i Magi, a'r gost yn swllt a cheiniog am y lot. Ar ôl talu am y cacs, y te a'r bws, ro'dd 'da fi ddeunaw swllt a cheiniog ar ôl yn fy mhwrs i'w hala ar oferedd! Diolch i Dad-cu – na fedrwn i byth

44

mo'i ddigio fe mewn unrhyw ffordd. Roeddwn wedi dysgu'n barod ar ba ochor i'r dafell o'dd y menyn.

Gweld siop ddillad grand a'r ffenest wedi'i gorlwytho 'da blowsys a phob math o ddillad isa. Ro'dd hyd yn oed bâr o flwmers â lês yn eu trimo yn y ffenest i bawb eu gweld! Cofio'n sydyn mai yno o'dd Miss Owen, lojer Miss Jones, yn gweithio – lojer y byddai'n rhaid imi gyd-fyw â hi 'mhen wythnos.

'O, Jane, drychwch ar y blowsys 'na. On'd y'n nhw'n grand?'

'Ydyn, crand iawn – gad inni fynd mewn i holi eu pris.'

'Na, Jane, fedra i ddim fforddio prynu blows fel'na.' Ond i mewn â ni i holi.

'Seven and six, Miss – rhad iawn, wedi dod lawr o twelve and eleven. Ma'r sêl mlaen, chi'n gweld.'

'Wyt ti'n ffansïo un, Magi?'

'Jane annwl, dim ond chwe swllt yr wythnos yw 'nghyflog i, a wy'n rhoi hanner hwnnw i Mam. Pam na bryni di un?'

'Falle gwna i – ond treia di un yn gynta. Beth am y binc?'

Dyma'r ferch yn edrych Magi lan a lawr a mynd i nôl seis mwy nag o'dd yn y ffenest iddi.

'Perfect fit, Miss.'

'Dyna fe, diolch, gymrwn ni honna.'

'Jane, plis Jane, peidiwch. Fedra i mo'i fforddio, a ma' Mam wedi fy siarsio i beidio byth â mynd i ddyled.'

'Ei di ddim i ddyled. Gymera inne un wen mewn seis llai, Miss. Eich enw, Miss?'

'Miss Owen.'

'Chi sy'n lojo 'da Miss Jones yn Rhif 10, Stryd Cambrian.'

'Ie, shwt y'ch chi'n fy nabod i?'

'Fi yw Jane Lloyd-Williams – byddaf inne'n lojo yno hefyd yr wythnos nesa.'

Newidiodd ei hwyneb, surodd y wên.

'Chi sy'n mynd i nhroi i mas o f'ystafell wely. Sdim hawl 'da chi. Rhag eich cywilydd chi!'

Do'dd Magi ddim yn gallu diodde tôn llais nac agwedd Miss Owen, a mynte hi cyn 'mod i'n cael cyfle i agor fy mhen, 'Hei, hei, Miss. Nid fel'na ma' siarad â Miss Jane Lloyd-Williams, neu mi fydd Mr Lloyd-Williams nid yn unig yn eich troi chi mas o'ch stafell, ond o'r blydi tŷ hefyd!'

'Magi, paid. Nid fel'na ma' siarad â Miss Owen.'

'Siarada i fel y mynna i â hi, y feiden benuchel.'

'Y bil os gwelwch yn dda, Miss Owen?'

Talu mewn distawrwydd llethol, anghyfforddus, a mynte Magi, 'Ma'n rhaid i Miss Lloyd-Williams gael risáit – wyddoch chi ddim pwy sy'n onest a phwy sy ddim y dyddie 'ma.'

Cael risáit, a Miss Owen yn fwrlwcs i gyd. Mas â ni'n dwy gyda'r parseli a'r risáit a Magi'n pwffian chwerthin nes i ni gyrraedd y stryd.

'Magi, ddylet ti ddim siarad fel'na â Miss Owen. A wyddwn i ddim dy fod ti'n gallu rhegi!'

'Wnes i ddim rhegi.'

'Beth yw dweud "blydi", ond rhegi?'

'Twt, twt, nid rhegi yw dweud "blydi". Fe alla i wneud lot gwell na hynna pan fo angen. Ond diolch, Jane, diolch yn ofnadw am y flows – ches i erioed flows mor bert nac mor ddrud â honna o'r blaen. Beth wedith Miss Lewis? Mi fydd yn sobor o grac.'

'Gad ti Miss Lewis i fi, Magi.'

Roedd dagre yn ei llygaid erbyn hyn a rhoddodd glamp o gusan ar fy moch a hynny ar ganol y stryd fawr.

Cerdded ling-di-long, joio mas draw, edrych yn ffenestri siope lle ro'dd bargenion di-ri. Mi fyddwn wedi gallu prynu rhagor – ro'dd ddigon o arian 'da fi ar ôl – ond doethach fyddai mynd â thipyn o newid i Dad-cu.

'Magi, dere, fe awn ni i ga'l dished arall o de yn y Queen's Café.'

Doeddwn i ddim eisie dim i'w fwyta ond fe archebes i ddwy sgon fawr a jam i Magi, a the mas o debot, rêl steil. Eiste'n jocôs yn y ffenest, a gweld y byd yn pasio heibio, ond yn sydyn dyma Magi'n gweiddi â llond 'i phen o sgon, 'Dyna Jac!' a bant â hi heb unrhyw esboniad fel cath i gythrel, gan weiddi 'Jac' nerth 'i phen.

Gweles hi wedyn drwy'r ffenest yn siarad â rhyw ddou sbarbil o grwt yn gwneud swache o smoco sigarennau go fain. 'Mhen dim, ro'dd hi 'nôl, ei hwyneb yn goch a'i llygaid yn serennu.

'Dyna Jac a'i ffrind. Ma' nhw'n mynd i aros amdanon ni.'

'I beth?'

'Wy am i chi gwrdd â Jac, ac ma'r crwt sy gydag e – Tomi yw 'i enw – yn rhocyn smart iawn hefyd.'

'Gwranda, Magi, wy ddim eisie cwrdd ag unrhyw grwt o gwbwl, salw na smart. Dod i'r dre i siopa wnes i – dim i jolihoetan 'da bechgyn.'

'Be sy'n bod arnoch chi, Jane? Mae pob merch ifanc yn leico ca'l tipyn o sbort 'da bechgyn – sbort diniwed wy'n feddwl.'

'Sda fi ddim syniad beth yw sbort diniwed nac unrhyw sbort arall chwaith, felly cer mas unweth 'to, a gwed wrthyn nhw am fynd.'

'Fydd Jac ddim yn leico clywed 'na – fe wedodd y busen nhw'n ein hebrwng at y bws.'

'Magi, am y tro diwetha, wy ddim eisie'u gweld.'

'Mi fuasen yn help i gario'r ces i'r bws. Ma' fe'n ges trwm.'

'Magi, oes rhaid gweud eto? Cer, sgidadla.'

'Beth ga i weud wrthon nhw?'

'Dwed beth a fynnot, ond wy ddim eisie gweld yr un ohonyn nhw'n agos ata i. Gwna dy ddewis – cerdded 'da fi at y bws, neu 'da'r ddou sbarbil 'na.'

'Ry'ch chi'n spoilsport,' meddai, gan fynd yn anfoddog i roi'r wybodaeth dyngedfennol i'r bechgyn.

Daeth 'nôl mewn sbel fach yn gwpse i gyd a fu dim gair rhyngom ni. Gadawodd hanner sgon a jam ar ôl heb ei bwyta hefyd, ac ro'dd hynny ynddo'i hunan yn dipyn o aberth i Magi.

Fu dim gair rhyngom ni yr holl ffordd i Siop y Sadler. Roedd Magi dan deimlad dwys, ac wedi'i tharo â'r palsi mud! Ond chwarae teg iddi, fe gynigiodd gario'r ces, ac fe gafodd wneud. Minne'n cario'r bag ysgwydd a'r blowsys.

Ond fedrai Magi ddim bod yn ddistaw yn hir iawn.

'Bechgyn syber iawn yw Jac a Tomi – dim rhyw rapscaliwns gwyllt.'

'O, iefe? Ond wy ddim eisie cymdeithasu ag unrhyw grwt – sant na rapscaliwn. Deall?'

Cyrraedd Nant-y-wern yn ddiwedwst a blinedig. Canu cloch drws y ffrynt. Magi'n diflannu a ngadael i a'r ces ar ben fy hun.

'Hei, Magi, be sy'n bod? Ble wyt ti'n mynd?'

'Sdim hawl 'da fi iwso drws y ffrynt, dim ond i olchi'r stepen a sgleinio'r bwlyn a'r gloch. Ordors Miss Lewis.'

Marged yn ateb y drws.

'Ble ma' Magi?'

'Sdim hawl 'da hi iwso drws y ffrynt mynte hi.'

'Nago's, wrth gwrs. Lwyddest ti i gael ces?'

'Do, a dwy flows newy' hefyd.'

'Dwy?'

'Ie, un i fi ac un i Magi.'

'Jane, ma'n ddyletswydd arna i dy rybuddio di. Dwyt ti ddim i brynu anrhegion i'r gwasanaeth-yddion. Mae hynny'n rheol.'

'Rheol pwy?'

'Rheol y tŷ. Ma'n rhaid wrth reole lle ma'r gweithwyr yn y cwestiwn, neu nhw fydde'r bosys cyn troi rownd.'

Atebais i ddim, ond mynd i'r parlwr bach at

Dad-cu i ddangos y ces iddo, ac i weud 'mod i wedi prynu blows i Magi hefyd, i gael gweld beth fyddai ei ymateb.

'Da iawn ti – ro'dd hi'n haeddu anrheg am fynd yn gwmni i ti.'

'Ma' 'da fi dipyn o newid i chi hefyd.'

'Cadw di hwnnw, merch i, mi fydd angen pob dime arnat ti pan ei di i'r Cownti Scŵl.'

Cynhesodd 'y nghalon i at Dad-cu.

Es i'r cefen, i'r gegin waith, ac yno ar ei phenlinie – yng nghanol y trochion sebon yn sgrwbo'r llawr – oedd Magi, a Marged yn taranu uwch ei phen. Yr unig eiriau a ddealles i o'dd 'achub mantais'.

'Dyma dy flows di, Magi, ac ma' Dad-cu'n falch iawn 'mod i wedi ei phrynu hi i ti – roeddet ti'n haeddu anrheg, medde fe, am ddod 'da fi'n gwmni.'

Rhoddodd Marged ebychiad sarhaus a diflannu.

'Twll 'i thin hi,' mynte Magi yn llawn sbeng.

Cerddais bant, ac er fy mod wedi sarhau Marged fy hunan yn ddiweddar, fedrwn i ddim diodde neb arall i neud sbort ar 'i phen hi chwaith.

7

Gwawriodd y diwrnod mawr – y diwrnod pan own i'n dechre ar fy addysg 'er mwyn dod mlaen yn y byd, a bod yn annibynnol'. Ro'dd y frawddeg 'na fel adnod neu ddihareb yn troi a throsi yn fy mhen ers blwyddyn bellach.

Y dydd Mawrth cyntaf o Fedi o'dd y diwrnod tyngedfennol, ond ro'dd rhaid mynd ar y dydd Llun, er mwyn i fi ga'l setlo yn y tŷ lojin.

Cychwyn am dri y prynhawn yn y trap a'r poni wen ac, o weld cynnwys y trap, fe allech dyngu 'mod i'n mynd bant am flwyddyn o leia: y ces newydd yn llawn o ddillad, y bag ysgol a'r anrhegion oddi wrth Dad-cu ynddo, ynghyd â sached o dato, swej, moron, wn i'm faint o wye, a lwmpyn go helaeth o gig moch i Miss Jones 'fel 'i bod hi'n dy fwydo di fel wyt ti'n arfer â cha'l dy fwydo'.

Ro'dd taith o ryw ddeng milltir i'r dre – popeth yn hwylus ar hyd y ffyrdd cul, gwledig: Dad-cu yn gyrru'i siarabang ar ganol y ffordd. Dim byd yn tarfu arnom. Ond wedi cyrraedd y ffordd dyrpeg ro'dd y stori'n wahanol, ac yn ôl Dad-cu ro'dd 'na 'draffig imbed'. Mae'n wir i ni weld rhyw bedwar neu bump o geir modur, ac un lorri! Ond ro'dd e'n mynnu gyrru ar ganol y ffordd – gydag e o'dd yr hawl am fod 'ceffyl wedi'i greu cyn bod injin'. Gorfod i un car freco'n wyllt a stopo'n bwt, a'r gyrrwr o'r herwydd yn ymylu ar fod yn lloerig.

'Be ddiawl sy ar 'ych pen chi, ddyn? Ydych chi eisie lladd pawb, ynghyd â'r blydi ceffyl?'

Atebodd Dad-cu mohono, dim ond rhoi clatsien â chwip i'r poni, a bant â ni'n fuddugoliaethus gan adael y dyn i fytheirio. Doeddwn i damed gwell o weud dim byd o gwbwl, dim ond dal yn dynn yn ymyl y sedd a gweddïo y byddem yn cyrraedd yn un pisyn.

Ro'dd Miss Jones yn ein disgwyl yn ffws i gyd, ac yn bihafio fel iâr ar y glaw.

'Mae ddigon o fwyd fan hyn i bara am fis o leia i Miss Jane, i chi ac i'r lojer arall,' mynte Dad-cu'n fawrfrydig.

'Diolch, Mr Lloyd-Williams, diolch yn dalpe, fe gaiff Miss Jane bob cysur sy'n bosib yma.'

'Gobeithio bydd hi'n hapus 'da chi, Miss Jones. Mi fydd hi'n teithio 'da'r bws bob dy' Llun o hyn ymlaen, a dod adre nos Wener hefyd ar y bws.'

'Very good, Mr Lloyd-Williams, very good.'

Mae'n debyg ei bod eisie pwysleisio'r ffaith ei bod yn hyddysg yn y ddwy iaith.

'Ga i fynd â lygej Miss Jane lan i'r llofft?'

'Certainly, Mr Lloyd-Williams, certainly.'

A dyma Dad-cu yn cydio yn y ces, a finne yn y bag ysgwydd a gynhwysai un copi-bwc, dau bensel, un ffownten pen, bocs crayons ac un rwber. Mynd lan y stâr, di-pwmp, di-pamp – Dad-cu'n dal y ces o'i flaen – yntau'n llenwi culni'r grisiau heb fodfedd i'w sbario. Agor drws y stafell wely ffrynt.

'Wel Jane, 'merch i, dyma ti'n dechre ar bennod newy' sbon yn dy hanes.'

Saib anghysurus a Dad-cu'n chwythu'i drwyn yn ffyrnig. Ailddechre arni wedyn. 'Jane, 'merch i, wy'n erfyn arnat ti i fod yn lodes dda – ma' 'na ddynion drwg yn yr hen fyd 'ma.'

Stop i sychu'i drwyn unweth eto. 'Jane, ma' 'na fechgyn drwg sy'n barod i achub mantais ar grotesi bach pert fel ti. Paid â mynd dan drâd neb, Jane annwl. Mi fase hynny'n torri 'nghalon i.'

Erbyn hyn ro'dd dagre'n sgleinio ar ei ruddiau.

'Dad-cu, wy'n gwbod y gwahaniaeth rhwng da a drwg, a wy'n addo bihafio'n hunan. Ar fy ngwir, Dad-cu.'

'Da 'merch i, da 'merch i – wy'n siŵr y galla i dy drysto di.'

'Gallwch, sdim eisie i chi boeni amdana i.'

Gwyddwn yn iawn beth o'dd y tu ôl i'w ofid a'i gynghorion. Doedd ond rhyw dair blynedd ar ddeg wedi pasio oddi ar iddo gael 'i glwyfo bron hyd at angau gan ymddygiad ei ferch, ei unig ferch – fy mam i.

Trodd ar ei sawdl, a'r dagrau'n dal i lifo. Caeodd y drws yn araf ofalus, a gwaeddodd mewn llais dieithr o waelod y stâr, 'Pob lwc, Jane fach – edrych mlaen at dy weld di nos Wener.'

Es i'r ffenest i'w wylio'n mynd sha thre. Ro'dd wedi clymu'r poni wrth y reilin. Esgynnodd yn ddigon cymercyn i'r trap; daeth ton o dosturi trosof, ac fe addewais i mi fy hunan y gwnawn bopeth yn fy ngallu i fod yn deilwng o Dad-cu, o'i haelioni ac o'i ymddiriedaeth ynof.

Arhosais yn f'ystafell lom am awr neu ddwy –

gwneud dim, dim ond syllu trwy'r ffenest, trwy'r lês a'r trimins i'r pellteroedd. Gweld plant yn chwarae pêl yn y stryd, ambell geffyl a chart neu drap a phoni yn gorfod cilio naill ochor i roi lle i'r car modur. Yr oes fodern wedi gwawrio. 'Datblygiad' o'dd yr enw ffasiynol ar y newid yma, ac ro'dd pawb fel pe baen nhw'n croesawu'r newid.

'Jane, ma' swper ar y ford.'

Lawr â fi, a phwy o'dd yn eistedd yn sgwâr a'i choese ar led o fla'n llygedyn o dân glo ond Miss Owen Cloth Hall, y fenyw a gafodd lond pen 'da Magi yr wythnos gynt. Chododd hi mo'i phen.

Y swper oedd cig moch (cig moch Nant-y-wern) wedi'i rostio bron i dragwyddoldeb ac wy 'run mor galed.

Bwyta mewn tawelwch. Mentrais dorri ar y distawrwydd diflas. 'Dim ond fi sy'n bwyta swper?'

'Ie, ma' Miss Owen a fi'n mynd mas i fisito.'

Erbyn hyn rown i wedi bennu stwffo'r swper i lawr fy nghorn gwddf, a dim yn siŵr iawn beth i'w wneud – naill ai aros yn y gegin neu mynd 'nôl i'r llofft – ond dyma Miss Jones yn setlo'r broblem.

'Fe gewch chi aros fan hyn os leicwch chi. Ma' 'na dân fan hyn.'

Tân!

'Mi fyddwn ni'n cloi'r drws, a mynd â'r allwedd 'da ni – rhag ofn.'

'Rhag ofn beth, Miss Jones?'

'Ma 'na lot o gymeriade rhyfedd iawn obeutu'r lle y dyddie 'ma, ac mi fydda i'n hapusach fy meddwl o wybod eich bod chi'n saff, Jane.'

'Cael fy nghau mewn, 'run fath â chi bach mewn cwb?'

Rhaid bod tipyn bach o natur Dyta yn dal ynof i – doeddwn i ddim yn mynd i ganiatáu i neb fy ngharcharu i mewn unrhyw ffordd. Cas beth Dyta oedd carchar – byddai farw cyn mynd i garchar.

'Na, Miss Jones, gadewch chi'r allwedd yn y drws – efallai bydda i eisie mynd mas am wac i gael pip ar y lle cyn iddi nosi.'

Ac am y tro cynta dyma Miss Owen yn codi'i phen a throi rownd. 'Fedrwch chi ddim gadel y tŷ yng ngofal plentyn.'

'Plentyn?' mynte fi'n benuchel. 'Nid plentyn mono i bellach, rwy'n fenyw gyfrifol. A pheth arall, dyw e ddim o'ch busnes chi, Miss Owen.'

Fe gaeodd ei phen yn glap.

'Ôl reit,' mynte Miss Jones braidd yn duch. 'Cofiwch gloi os ewch chi mas.'

'Iawn,' mynte fi, 'ond os bydd unrhyw anhawster ynglŷn ag allweddi, mi fydd yn rhaid i fi gael fy allwedd fy hunan.'

'Sa i'n gwbod, wir,' mynte Miss Jones.

'Na,' mynte hi Miss Owen yn busnesu unwaith eto. 'Mae'n llawer rhy ifanc i ga'l y fath gyfrifoldeb.'

'Iawn,' mynte fi gan siarad fel menyw gyfrifol unweth eto, 'gaf i air 'da Dad-cu ar y penwythnos, ac fe gawn ni edrych am le fydd yn barod i roi mwy o ryddid i fi.'

'O, na, na, Miss Jane – mi fydd popeth yn iawn. Af i weld ynglŷn â chael allwedd arall fory.'

Sylwais ar y 'Miss', a gwyddwn taw fi a enillodd y frwydr. Sylweddolais hefyd fod pymtheg swllt yr wythnos a basgedaid o fwyd o'r ffarm yn ffortiwn i Miss Jones – ffortiwn nad o'dd hi ddim yn barod i'w cholli ar chwarae bach.

Na, es i ddim mas am wac wedi'r cwbwl, dim ond mynd am dro i'r ardd i sbrotian, a gweld taw yno o'dd y tŷ bach – tŷ sinc heb ddiferyn o ddŵr ar gyfyl y lle a'r *Tivy Side* yn ddarne bach sgwâr er mwyn cysur a glendid personol.

Mynd 'nôl i'r llofft i roi fy mhetheuach yn yr unig ddrâr gwag o'dd yn y tŷ lojin, ond ro'dd yn byrlymu o sglein a gwynt carbolic. A phwy o'n i i gwyno am ddiffyg cyfleusterau? Fe ges i 'nghodi mewn llai o dŷ, a llai hefyd o gyfleusterau. Ro'dd 'ma 'wash stand' ac arni jwg flodeuog yn dal dŵr glân i fi ga'l ymolch a phadell i fatsio'r jwg – a phot piso yr un mor flodeuog o dan y gwely.

Es i'r gwely'n gynnar. Clywais y ddwy'n dychwelyd, ond do'dd 'da fi ddim awydd nac amynedd i ddal pen rheswm 'da nhw.

Cysges tan y bore. Clywes Miss Jones yn codi. Gwisgais fy nillad ysgol am y tro cyntaf – y 'school uniform' a roddai stamp addysg arna i. Roeddwn yn gyffrous a phryderus yr un pryd – dechrau ar bennod newy' yn fy hanes, heb nabod neb, na gwbod beth i'w ddisgwyl chwaith.

8

Ro'dd 'da fi rhyw ddeng munud o waith cerdded i gyrraedd yr ysgol. 'Yr academi' o'dd enw crachaidd Dad-cu arni. Ro'dd e, mynte fe, wedi rhoi sleisen dda o'i gyfoeth i helpu sefydlu'r ysgol 'na.

Sgleiniai'r brics coch yn haul y bore, gan wneud i'r adeilad ymdebygu i gastell hud a lledrith. Cyrhaeddais yn gynnar. Anghofia i byth mo'r rhuthr gwyllt a ges i yr unig dro y bûm i yno o'r blaen – diwrnod bythgofiadwy y Scholarship. Cyrraedd hanner awr yn hwyr – y cyfan o achos penstiffdra Mistir – a gweld, trwy'r drysau gwydr, pawb yn sgrifennu. Finne'n cnoco'n ofnus, a chael fy holi'n ddidrugaredd cyn cael mynediad. Profiad echrydus i blentyn na fu 'rioed oddi cartre.

Ond heddi rown i yno mewn da bryd. A'r person cynta a welais o'dd Joni, yn whilo am le addas i barco'i feic sigl-di-gathan.

'Joni, wy'n falch o dy weld ti. Shwt wyt ti?'

'Iawn,' mynte fe braidd yn sych a ffwr-bwt.

'O, Joni, wy'n falch iawn. Dy'n ni ddim wedi gweld ein gilydd oddi ar i ni'n dou adel yr ysgol fach.'

'Naddo, ond rwyt ti wedi newid ers hynny. Wyt ti'n un o'r crachach nawr.'

'Nadw, Joni, fydda i byth yn un o'r rheiny. Wy wedi newid f'enw, dyna i gyd.'

''Na fe, prawf arall dy fod wedi newid. Dyw Jini John ddim yn ddigon crand i ti rhagor.'

'Na, Joni, dwyt ti ddim yn deall.'

Daeth rhagor o blant o rywle, a rhaid o'dd cwpla'r glonc. Nabod neb, ond mi ddilynes i dwr o ferched stwrllyd i mewn i'r ysgol a sefyll fel delff yn eu canol – rhai'n siarad Saesneg, eraill yn siarad Cymraeg. Sylweddolodd un ohonyn nhw 'mod i'n newy' ac yn ddieithr.

'You're a new girl, innit? You should be amongst them in the front row.'

'I apologise – no one has told me where to sit.'

'Oh, posh – you talk swank like Miss Hunter, English.'

Falle 'mod i'n 'talk swank', ond y Saesneg a ddysges i gan Mamo ac Anti Mary o'dd fy Saesneg i. Bant â fi i'r 'front row'. Ro'dd y sŵn a'r cleber yn fyddarol. Ond yn sydyn, heb unrhyw rybudd, dyma'r cyfan yn tawelu pan gerddodd dyn tal, barfog, urddasol, i mewn, a sefyll o'n blaenau.

Y Prifathro – Dr Samuel Herbert-Jones.

Heb air o esboniad, heb air o gyfarch, dyma fe'n galw'r gofrestr. Ro'dd gan bawb rif arbennig, ac ro'dd y gwaith drosodd cyn pen dim. Wedyn dyma fe'n galw enwau'r plant newydd, a rhoi rhif i bob un ohonon ni.

Joni Evans – 12.

Jini John – 15.

Siom! Do'dd neb wedi dweud wrth yr awdurdodau fy mod i wedi newid f'enw, a taw Jane Lloyd-Williams o'dd fy enw newydd i. Darllen y rhestr wedyn, a deall fod Joni Evans a Jini John (ond Jennie o'dd e'n weud) i fynd i Form IA. Cadw llygad ar Joni er mwyn 'i ddilyn i'r lle iawn. Ro'dd Joni i'w weld yn hapus iawn yng nghanol twr o fechgyn tebyg iawn iddo fe'i hunan.

I mewn i'r dosbarth lle ro'dd menyw dal, esgyrnog (nid annhebyg i Miss yr ysgol fach) yn disgwl amdanom.

'Girls in front, boys at the back. Quietly, please.'

Wedyn gofyn enw pob plentyn ar wahân; hithau'n marco'r enwe bant un ar ôl y llall.

Pan ddaeth fy nhro i, dywedes yn glir a phendant – Jane Lloyd-Williams.

'I'm afraid I cannot find that name on my list.'

'I have changed my name by deed poll.'

'My name is Miss Hunter.'

'Yes, Miss Hunter – sorry.'

'So you have two surnames, Lloyd and Williams.'

'There is a hyphen between them, Miss Hunter.'

'We don't tolerate hyphenated names in this school.'

A dyma Joni â'i law lan; do'dd neb wedi gofyn am 'i farn e.

'Please Miss, her real name is Jini John.'

'How do you know?'

'We were together in the same school, Miss. In the small school, Miss.'

'That's enough – no one asked for your opinion.'

'Right, we shall call you Jane Williams, without the Lloyd and the fancy hyphen.'

A dyna ddiwedd ar y drafodaeth – dros dro, beth bynnag. Ond roeddwn yn siŵr, pe dwedwn i wrth

Dad-cu, y byddai e lawr 'na fel ergyd o ddryll – doedd neb yn mynd i gael ei amddifadu e na'i wyres o'u hetifeddiaeth! A beth obeutu enw'r Prifathro, Dr Samuel Herbert-Jones!

Bu'n fore prysur, rhannu i bawb un copi-bwc, pensel, pen, llenwi'r poteli inc, a rhoi rhestr o lyfrau y byddai angen i ni eu prynu. Hefyd restr hir o reolau'r ysgol – pa ddillad i'w gwisgo ac yn y blaen.

1. Boys and girls must always wear the school blazer. Boys to wear caps and girls hats, with the school badge fixed there-on.
2. Girls must always wear gym stockings, and gym-slips must be at least two inches below the knee.
3. Boys and girls should never converse or play together outside the school buildings.
4. No pupil is allowed outside after seven o'clock during summer and six o'clock during winter – British time.

Cyn diwedd y bore rown i wedi danto, ac yn ysu am ga'l gafel yn Joni i roi llond pen iddo.

Ces fy hun yn eistedd ar bwys merch fach bert o Sir Benfro – Olwen Jones. Do'dd ganddi fowr o Saesneg, a châi anhawster i ddeall Miss Hunter a o'dd, yn ôl un o'r plant a siaradodd â fi ynghynt, yn 'talk swank'. Roedd 'time table' wedi'i stico ar y wal erbyn hyn, a sylwais taw 'Welsh' o'dd y wers i ganlyn.

'Peidiwch â phoeni, Olwen, Cymraeg sy nesa.'

Ar ddiwedd y wers, nad o'dd yn wers, ond pregeth ddigon sych, galwodd Miss Hunter fi ati.

'Jane,' (diolch na wnaeth sylw o gyfarwyddyd Joni), 'where did you live before you came to Wales?'

'I have always lived in Wales, Miss Hunter.'

'Who taught you to speak English?'

'My mother and my Auntie Mary, Miss.'

'And where did they live?'

'In Wales, Miss Hunter, but they went to a boarding school, somewhere outside London.'

'You speak very good English, Jane, with a very fine English accent. Keep it up.'

O'n i ddim yn ymwybodol bod fy acen yn wahanol i un neb arall – heblaw am acen sathredig Saesneg Dyta. O hyn mas byddaf yn gwrando ar y ffordd mae pawb arall yn siarad, i gael bod yr un peth â nhw.

Gyda hyn, daeth stoncyn o ddyn bach tew i mewn. Mr Jones o'dd 'i enw, ond Jones Welsh o'dd pawb yn ei alw, am fod Jones arall hefyd yn athro yno. Mae'n debyg taw Jones Fat o'dd enw'r plant ar hwnnw. Plant y dre o'dd yn ein goleuo ar yr wybodaeth bwysig hon!

Dechre eto ar weiddi'n henwau mas, a bues yn ddigon call y tro 'ma i adael y 'Lloyd' mas. 'Run perfformiad eto – copi-bwc arall, a gorchymyn i roi'r gair 'Welsh' ar y clawr, ynghyd â'n henwau, wrth gwrs. Ond dim gair o Gwmrâg o'r dechre i'r diwedd. A fel'ny y buodd hi ymhob gwers a ddilynodd y bore hwnnw.

Amser cinio es lawr i'r dre ar ben fy hunan bach i ga'l tamed i'w fwyta; rown i bron â starfo. Ro'dd Olwen wedi dod â thocyn a photeled o laeth yn ei bag ysgol, gan esbonio ei bod yn rhy ddrud i fwyta mas. Ond ro'dd Dad-cu wedi gofalu bod digon o arian yn fy mhoced i i brynu beth fyd a fynnwn. Roedd oriau lawer ers i mi ga'l brecwast – cig moch crimp ac wy llosg – a phenderfynais archebu cinio o gig, tato, pys a grefi, a dished o de i'w olchi lawr, a'r cwbwl am swllt a thair ceiniog. Mynd 'nôl i'r ysgol a dweud wrth Olwen am y ffest.

'Ma'n rhaid bod digonedd o arian 'da'ch tad!'

Penderfynu na soniwn i wrth neb arall amdana i fy hunan – achos doeddwn i ddim eisie i neb fy ngalw'n un o'r crachach fel y gwnaeth Joni.

'Run patrwm bob dydd, weddill yr wythnos – gwahanol athrawon i bob gwers – un ar ddeg o athrawon gwahanol, athro arbennig i bob pwnc. Ond dim gair o Gymraeg.

Chawson ni fawr iawn o wir addysg drwy'r wythnos – pob athro â'i restr o reolau, holi enwau, a chynghorion shwt i ymddwyn.

Na, ddysges i fawr o ddim drwy'r wythnos, a minne'n credu'n ddi-ffael mewn addysg 'er mwyn dod mlaen yn y byd'. Dyna holl bwrpas mynd i'r Cownti Scŵl. Siom.

Siom hefyd i radde o'dd y tŷ lojin. Cig moch ac wy wedi'u gor-ffrio i frecwast, a chig moch wedi'i ferwi a bwts tato a swej i swper. Diolch fod 'da fi ddigon o arian i brynu bwyd yn y caffi.

Ro'dd Miss Owen yn bwyta'i brecwast yn gynnar ac wedi diflannu cyn 'mod i'n codi, ond amser swper byddai'n eistedd ar yr un ford â mi, heb agor ei cheg, ond i lyncu'i bwyd. Hen sguthan!

Ro'dd 'mbach o hiraeth arna i, mae'n rhaid, achos rown i'n dyheu am weld nos Wener yn cyrraedd. Hiraeth am bwy ac am beth? Am Dad-cu, siŵr o fod, achos rown i wedi tyfu'n sobor o ffrind iddo; am Marged hefyd a'i chleber wast a'i chonsýrn amdana i; am Magi a Lisi a'r bwyd da o'dd yno. Hiraeth hefyd am Ledi, yr ast ddefaid. Dilynai Ledi fi i bobman, dilynai fi i'r gwely bob nos, gan orwedd yn fflat ar y mat tu fas i'r drws, heb gyffro – hynny yw, nes y deuai Marged i'r llofft, a wedyn lwc-owt! Byddai'n cael 'i gorfodi i chwilio am 'i gwâl, a chysgu yn ei chwtsh arferol. Byddai Ledi a minne'n clebran â'n gilydd bob nos cyn mynd i gysgu; arllwys fy ngofidie wrthi – fi yn y gwely, a hithe tu fas i'r drws. Ro'n ni'n deall ein gilydd i'r dim.

Rown i'n falch o fynd i ddala'r bws gan gario fy mag ysgol, a'r ces o'dd yn chwarter llawn. Byddwn wedi gallu ei hepgor, mewn gwirionedd, ond byddai'n siŵr o fod yn llawnach erbyn bore Llun.

Sefyll ar ben y ffordd, gan ddisgwl yn ddigon diamynedd, ond pwy ddaeth ond Joni, yn gwthio'i feic rhydlyd.

'Pam na wnei di reido dy feic, Joni?'

'Puncture.'

Do'dd e ddim yn barod i siarad, ac edrychai braidd yn shei.

'Pam na drafaeli di 'da'r bws, Joni? Dim ond pum ceiniog wy'n dalu a rwyt ti'n nes i'r dre na fi; grot fydde fe i ti.'

'Sda fi ddim grot i ga'l.'

'Beth am dy dad? Ma' fe siŵr o fod yn gweitho – fe alle fe sbario grot i dalu'r bws.'

'Wyt ti ddim yn deall dim, Jini – sda fi ddim tad i ga'l chwaith.'

'Paid â siarad dwli, ma' tad 'da pawb. Fuset ti ddim yma oni bai fod 'da ti dad – ma'n rhaid i bawb wrth dad.'

'Ma'n iawn i ti siarad – ma' 'da ti dad, a dyn annwl iawn yw e hefyd.'

'Be wyt ti'n wbod am 'y nhad i? A pheth arall, os wyt ti'n ei alw'n annwl, wyt ti mhell o dy le.'

'Nadw. Wy'n nabod e'n iawn, ac yn hoff iawn o Ifan John. Pan o'n i'n rocyn bach, o'dd e'n byw a bod yn tŷ ni – chware gêmau 'da fi, a chael sbort. Wncwl Ifan o'n i'n 'i alw fe. Ro'dd e fel tad i fi – hynny yw, hyd nes i Mam ga'l dyn arall.'

Fe ges i sioc – sioc ddychrynllyd – ac ro'dd y geirie'n pallu â dod.

Mynte Joni, i dorri ar draws y tawelwch, 'Ma'n ddrwg 'da fi 'mod i wedi gweud wrth yr athrawes taw Jini John o'dd dy enw di. Fe alwa i di'n Jane o hyn mlaen os leici di.'

Daeth y bws, diolch byth, a do'dd dim rhaid i fi 'i ateb.

Roeddwn wedi cynhyrfu drwodd, a thaith digon

anghysurus ges i adre – ro'dd geirie Joni wedi rhoi achos i fi bendroni a phensynnu.

Arhosodd y bws o flaen siop y pentre – siop gwerthu pob math o bethe, o oel lamp i oel gwallt. A phwy o'dd yn disgwl amdana i wrth ddrws y siop ond Ledi. Shwt yn y byd mowr o'dd hi'n gwbod 'mod i'n cyrraedd ar y bws hwnnw? Es mewn i'r siop i weld a o'dd hi wedi dilyn rhywun – Magi neu Dad-cu falle. Na, do'dd neb yno. Ond fe dda'th Mrs Pegler, perchen y siop, ata i yn ffys i gyd. Doeddwn i ddim yn siŵr iawn shwt i'w chyfarch. 'Nôl Magi ro'dd 'da hi ferch tua pymtheg oed – rhai pobol o'dd yn gwbod y cwbwl yn gweud taw 'i merch hi o'dd hi, ond 'Tracy, my little sister' fyddai Mrs Pegler yn ei galw. Daeth yma o'r 'gweithe' tua tair blynedd yn ôl, mae'n debyg. Saesneg digon clapiog o'dd hi'n siarad, a chydig bach o Gymraeg yn ca'l ei daflu mewn nawr ac yn y man. Byddai'n galw pawb wrth rhyw enw ffansi, fel 'dearie', 'duckie' neu 'lovie'. Byddai'n bennu pob brawddeg bron ag 'ontefe'.

'Hello lovie, you're Miss Jane, ontefe?'

'Yes, Mrs Pegler.'

'A lovely gentleman called here this afternoon. He were asking about you, ontefe.'

'Oh, I don't know anybody around this way.'

'He were not from this way. He were tall and smart, and had a shock of red hair – like mine,' a rhoddodd chwerthiniad coegwych fel petai'n falch o'r ffaith.

Gwyddwn ar unwaith am bwy o'dd hi'n sôn;

cydiodd yr hen ddiflastod yn fy stumog, a theimlais fy nghoese'n rhoi o danaf i.

'I must go, Mrs Pegler,' a mas â fi a Ledi cyn gynted ag y gallwn, ond gwaeddodd hithau ar f'ôl i, 'He said he would stay around until he see you, ontefe.'

Ro'dd gwaith o rhyw chwarter awr 'da fi i gerdded, a hynny ar hyd lôn goediog, unig. Rhedais nerth fy magle – diolch fod Ledi 'da fi'n gwmni. Cyrraedd Nant-y-wern mas o wynt, ond fues i 'rioed yn falchach o gyrraedd unrhyw dŷ, gan wybod y byddai cysur a chroeso yn fy nisgwyl yno.

9

Canais y gloch yn wyllt a chynhyrfus. Rown i'n dychmygu gweld Dyta'n llechu tu ôl i fi bob cam o'r ffordd o'r pentre. Marged atebodd y drws, yn groeso i gyd, chwarae teg iddi, a phenderfynais inne i fod yn fwy cwrtais ati hithe o hynny mlaen. Pwy hawl o'dd 'da fi, slipren o groten, i feirniadu rhywun o'dd wedi fy nghynnwys a'm maldodi i holl ddyddie fy mywyd? Ro'dd Ledi'n cadw'n glòs wrth fy sodle.

'Beth ma'r ast 'ma'n 'i wneud yn y tŷ?'

'Ro'dd hi'n disgwl amdana i wrth Siop y Pentre, Marged.'

'A dyna lle'r o'dd hi? Ma' Mr Lloyd-Williams wedi bod yn whilo amdani ymhobman – ro'dd 'i hangen hi i rowndo'r defed.'

'Peidiwch â'i hala hi mas, Marged, fe dda'th i 'nghwrdd i bob cam i'r pentre.'

'Ci yw ci, a ci yw Ledi,' mynte hi'n snochlyd.

Fe allwn i dyngu fod Ledi'n deall bob gair; fe edrychodd arna i'n ymbilgar, ac fe gafodd lonydd dros dro 'ta p'un.

'Fydd Mr Lloyd-Williams ddim gartre tan yn hwyr – mae e wedi mynd i ymweld â chymydog.'

Rown i eitha balch o glywed hynny, achos rown i eisie amser i fyfyrio a phendroni dros gyfaddefiad Joni, a thros y ffaith fod 'na 'tall and smart gentleman' yn chwilio amdana i.

'Be wyt ti am i swper, Jini?'

'Unrhyw beth heblaw cig moch, Marged.'

Cael swper ardderchog o baste wy a winwns, a tharten fale i ddilyn, ond doedd fawr o stumog 'da fi i fwyta. Mae pryder yn gallu lladd awch at fwyd. Mynd i'r gwely'n gynnar, a Ledi'n fy ngwarchod, ac yn pallu'n lân â gwrando ar Marged.

'Dyw cŵn ddim i fod yn y tŷ. Ma' Mr Lloyd-Williams yn hollol bendant ar hynna. Mas, Ledi!'

'Dim ond am heno, Marged – chaiff hi ddim dod i'r stafell wely, rwy'n addo.'

Wyddai Marged ddim ei bod hi'n swatio tu fas i'r drws bron bob nos. Ro'dd Magi'n gofalu datod ei chadwyn pan gâi gyfle.

Matryd, a mynd i'r gwely heb ymolch na brwsio 'ngwallt, i ail-fyw profiade'r wythnos a threio gwneud synnwyr o gyfaddefiad Joni. Hefyd, beth i'w wneud petai Dyta'n cael gafel yno' i? Ro'dd hi'n dipyn o sgytwad i glywed fod Joni ar delere mor glòs â Dyta a'i fod yn ei alw'n 'Wncwl Ifan' – do'n nhw ddim yn perthyn o'r nawfed ach.

Un o sir Benfro o'dd Dyta. Tybed o'dd Mamo'n gwbod? O'dd e byth gartre ar ôl cael ei swper, ac ambell waith fe fyddai'n sefyll mas trwy'r nos. Ond erbyn meddwl, do'dd fawr o gysur iddo yn tŷ ni – ro'dd y ddou'n byw eu bywydau ar wahân. Ro'dd y ddou mor annhebyg i'w gilydd – Mamo'n wraig fonheddig wedi cael addysg dda, a Dyta'n was ffarm, ei ymddygiad yn ddi-foes a'i leferydd yn gwrs a garw. 'Dyn annwl iawn', dyna ddisgrifiad Joni ohono, ond weles i 'rioed anwyldeb yn y dyn. Tybed a yw pobol yn ymateb yn wahanol i ymdriniaeth wahanol? Chafodd e 'rioed na diolch na chanmoliaeth 'da ni. Falle fod 'na ddealltwriaeth gyfrin rhwng Joni a'i 'Wncwl Ifan'. O styried, ma'r ddou'n debyg i'w gilydd o ran pryd a gwedd – gwallt coch sy gan y ddou.

Rhaid imi gyfadde 'mod i'n siomedig iawn yn fy wthnos gynta yn y Cownti Scŵl hefyd. Ches i ddim addysg o unrhyw fath, dim ond rhibidirês o reolau gwirion a siarad byth a hefyd am 'good behaviour and courtesy towards staff and fellow pupils'. Dim gair o Gymraeg. Pam?

Fe wedodd Olwen fod athrawon yr ysgol wedi mynd ar streic tua dwy flynedd ynghynt – pawb ond y Prifathro – am bod y sir yn gwrthod talu iddyn nhw yr un cyflog ag o'dd siroedd eraill Cymru yn 'i dalu i'w hathrawon. A'r canlyniad o'dd i'r Prifathro gyflogi staff o'dd yn barod i weithredu ar lai o gyflog – cyflog a wrthodwyd gan yr athrawon gwreiddiol. Ro'dd tad Olwen yn gynghorydd lleol ac yn gwbod yr hanes i gyd. Canlyniad y streic o'dd i'r Prifathro gyflogi athrawon o bell – y rhan fwya ohonyn nhw o Loegr – 'blacklegs' o'dd enw Olwen arnyn nhw. Dim ond rhyw ddou neu dri o'dd yn gallu siarad Cymraeg, mynte hi. Do'dd 'da fi ond gobeithio y cawn addysg o'dd yn mynd i 'mharatoi i ddod mlaen yn y byd. I mi, dyna'r unig bwrpas o'dd i addysg – dyna o'dd dymuniad Mamo.

Ma'n rhaid 'mod i wedi cwympo i gysgu, a hynny heb gau'r llenni na diffodd y gole. Dihunais yn sydyn. Ro'dd rhwbeth yn disgyn yn gawad ar y

69

ffenest. Cesair? Nage, ro'dd hi'n noson braf olau leuad, a'r lleuad Fedi'n goleuo'r holl wlad, bron cystal â golau dydd. Dyma Ledi'n cyfarth yn wyllt a ffyrnig, a chrafu'r drws eisie mynediad. Ro'dd hithe wedi clywed y clindarddach ar y ffenest. Edryches mas yn ofnus, a gwelais ddyn tal ar y dreif, a'i gysgod yn ei ddilyn gan roi argraff o hud a lledrith ar y cyfan. Ro'dd y dyn yn whilo am ragor o raean mân i'w dowlu at y ffenest. Caeais y llenni'n wyllt. Do'dd dim angen i mi edrych ddwywaith, fe nabyddes i'r dyn ar y gewc gynta.

Dyta!

Yr hyfdra! Fedrwn i ddim diengyd o'i grafange. Y tro diwetha i mi 'i weld o'dd yn Llety'r Wennol, pan fu ffrwgwd enbyd rhyngom, a phan roddodd whalpen o ergyd ar draws fy wyneb, nes codi clais poenus ar fy moch, a'r gwaed yn pistyllo o 'nhrwyn i. Dyna pryd y dwedais wrtha am gadw draw oddi wrtho i am byth.

Roedd Ledi'n dal i fystylad y tu fas, a gorfu i fi agor y drws iddi rhag ofn iddi ddihuno'r holl dŷ. Rhedodd yn syth at y ffenest. Cymerais bip heibio ymyl y llenni, a diolch byth, ro'dd y ddrychiolaeth wedi diflannu, ond nid cyn i Dad-cu glywed y twrw a chyrraedd yn ei ŵn nos gwyn – drychiolaeth arall!

'Be sy'n bod? Beth yw'r holl derfysg 'ma?'

'Ma 'na rywbeth yn crwydro tu fas, ac wedi codi ofn arnon ni'n dwy, Ledi a finne.'

'Ddyle'r ast ddim cysgu yn y tŷ dros nos – ma'n rhaid rhoi stop ar y nonsens 'ma.'

Ro'dd e'n swno'n eitha crac.

'Ond Dad-cu, wyddoch chi ddim be sy'n crwydro obeutu'r lle ar nosweth ole leuad fel heno, a wy'n teimlo'n saffach fod Ledi wrth law i 'ngharco i.'

'Ffwlbri noeth, dwli dwl.'

Aeth at y ffenest ac agor y llenni.

'S'dim byd i'w weld mas 'na. Mae'n debyg taw cadno glywodd Ledi yn crwydro ac yn whilo am sglyfaeth. Cer 'nôl i'r gwely, Jane.'

Ro'dd dyfalu Dad-cu yn agos iawn at ei le. Es i 'nôl i'r gwely yn dawel bach, ond wedi ca'l siglad imbed. Aeth Dad-cu yntau'n ôl, ond anghofiodd bopeth am Ledi – wnes inne mo'i gorfodi i fynd mas; ro'dd hi'n gwmni ac yn gysur.

Beth yn y byd o'dd ym mhen Dyta yn dod lawr i dowlu cerrig mân at y ffenest, a hynny ym mherfeddion nos? Ro'dd hi'n amlwg ei fod am i fi wbod ei fod e obeutu'r lle – rhybudd o'dd hwnna o rwbeth mwy i ddod. Ro'dd e'n benderfynol o ga'l gafel yno i rywfodd neu'i gilydd, ac o'dd e'n gwbod yn iawn y câi 'i erlid o Nant-y-wern petai'n ca'l 'i weld. Fydde Dad-cu ddim uwchlaw hala i nôl y polîs i ga'l gwared ohono. Ar ôl yr holl flynyddoedd, do'dd Dad-cu ddim wedi anghofio taw fe o'dd yn gyfrifol am ddifwyno cymeriad ei unig ferch – y ferch a garai uwchlaw pob dim arall. Chysges i ddim trwy'r nos; troi a throsi ac ofni'r dyfodol. Ac eto, pan own i fwyaf isel a digalon, deuai geirie Joni i'm meddwl, 'dyn annwl iawn o'dd dy dad'.

Penderfynais godi'n gynnar fore drannoeth a mynd i Bengwern, gan obeithio y bydde Anti Mary yno. Dim ond wrthi hi y medrwn i arllwys fy ngwd – dim ond hi fase'n deall fy ngofid a'm helbulon. Hefyd byddai'n rhaid i mi fynd i Lan-dŵr i roi tro am fy hen ffrindie, Sara a Mari. Doeddwn i ddim eisie iddyn nhw feddwl 'mod i wedi anghofio amdanyn nhw wedi symud i fyw i Nant-y-wern a byw fel un o'r 'crachach', chwedl Joni.

10

Codes yn fore i frecwasta 'run pryd â Dad-cu. Ro'dd e'n cael ei frecwast ar yr un awr a'r un funud bob bore – hanner awr wedi saith – fel ei fod yn gallu mynd mas i'r clos i gwrdd â'i weithwyr erbyn wyth i'w cynghori ynglŷn â'u dyletswydde, ac yn y blaen. Roedd y godro drosodd erbyn hynny – roedd 'bois y boidy' yn dechre ar eu gwaith cyn chwech, a byddai 'bois y 'ffyle' wedi bennu â'r bwydo a glanhau'r stable. Hefyd, pawb wedi brecwasta cyn wyth. Rown inne hefyd lawr yn disgwl am fy mrecwast am hanner awr wedi saith, ond ro'dd Dad-cu wedi cyrraedd o mlaen i. Yr un frecwast bob bore – uwd, cig moch, wye, bara saim, yn ca'l ei ddilyn 'da bara menyn a chaws (neu jam) a digon o de cryf i'w olchi lawr.

'Pam wyt ti'n codi mor gynnar, Jane, a hithe'n fore Sadwrn?'

'Wy'n mynd am daith ar fy meic i Bengwern yn gynta, gan obeithio fod Anti Mary wedi dod adre, a wedyn mlaen i Lan-dŵr i roi tro am Sara a Mari.'

'Mi fydde'n llai o drafferth i ti fynd ar gefen y ferlen, Jane.'

'Na, dim diolch, mae'n haws parcio beic.'

Bant â fi ar fore braf o Fedi drwy'r pentre, ac wrth basio'r siop, sylwais ar ddyn tal yn cerdded ar draws yr ardd. Dim ond cip ges i, ond fe allwn i dyngu 'mod i'n ei nabod. O'dd hynny'n bosib?

Ro'dd hi'n rhy bell i'r 'lovely gentleman' ddod 'nôl a mlaen yn ddyddiol o sir Benfro i whilo amdana i.

Falle fod Mrs Pegler yn cadw lojers a'i fod yn aros yno. Duw a'm helpo! Cafodd fy niwrnod ei ddifetha cyn iddo ddechre. Do'dd 'da fi ond gobeitho na welodd e mono i. Pedlo fel ffŵl, a chyrraedd Pengwern yn chwys drabŵd. Dim car i'w weld yn unman – arwydd ddrwg – ond fe ges i groeso stwrllyd gan y cŵn. Dyw cŵn byth yn anghofio'u ffrindie. Cerdded mewn yn hy fel arfer trwy'r drws cefen gan weiddi, 'O's ma' bobol?'

A dyma'r howsciper yn ymddangos o rywle yn deidi ac yn dwt.

'Odi Anti Mary yma?'

'Na, ro'dd hi yma y penwythnos diwetha – dim ond bob pythefnos mae'n dod adre.'

'Ble ma' Mr Puw?'

'Yn y gwely, am wn i.'

'Yn y gwely? Odi e'n dost?'

'Na, 'sa i'n credu – o'dd e'n iawn am ddeg o'r gloch neithiwr.'

'Odi e wedi ca'l 'i frecwast?'

'Rhaid iddo godi os yw e eisie 'i frecwast.'

'Mi af i lan i weld be sy'n bod.'

'Na, af i lan i weud bo chi 'ma.'

Mr Puw, druan – ffarmwr yn y gwely am ddeg o'r gloch y bore, a heb ga'l 'i frecwast!

Daeth Miss Walters lawr 'mhen ychydig. 'Ma' Mr Puw yn codi. Gymrwch chi ddished?'

Ro'dd hi'n edrych mor sobor â sant, heb wên

hyd yn o'd, ac fe ges i'r argraff y byddai 'gwneud dished' yn dipyn o drafferth iddi.

Ond wir, ro'dd pobman yn sgleino – y canhwyllhëyrn pres yn ddigon o sioe, y gegin yn batrwm o lendid a thaclusrwydd, a chofies eirie Anti Mary am dŷ ffrind iddi – 'mae'i thŷ hi'n afiach o lân'.

'Mhen hir a hwyr daeth Mr Puw i'r golwg; yn araf ei gam, yn anniben ei wisg, a heb siafo ers diwrnode.

Mr Puw, o'dd yn arfer gwisgo fel gŵr bonheddig, ac yn cymryd balchder yn ei ymddangosiad. Wir, o'dd golwg wedi dreulo arno fe.

'Wel, Jini fach, wyt ti wedi dod i roi tro amdana i?'

'O'n i'n gobeitho y base Anti Mary wedi dod adre dros y Sul.'

'Na, ma' Mary wedi anghofio amdana i, Jini.'

'Ond Mr Puw, o'dd hi gartre y penwythnos diwetha, 'nôl yr howsciper.'

'O'dd hi? Wy ddim yn cofio. Do'dd dim rhaid iddi fynd odd'ma o gwbwl.'

'Ond Mr Puw, ar ôl priodi mae'n ofynnol i ŵr a gwraig fyw gyda'i gilydd,' mynte fi, fel taswn i'n awdurdod ar y stad briodasol.

'Wyt ti ddim yn deall, Jini fach – o'dd hi'n ca'l bywyd gwraig fonheddig 'ma 'da fi – ca'l popeth o'dd hi eisie – ond fe ddewisodd hi fynd i Abertawe i fyw, i ben draw'r byd.'

'Ond mynd i fyw at ei gŵr wnaeth hi – yn

gwmws 'run peth ag y gwnaethoch chi amser maith yn ôl. Fe briodoch chi, Mr Puw, a dod â'ch gwraig i fyw yma. On'd do fe?'

'Do'dd hynny ddim 'run peth, dim o gwbwl. Na, o'dd yn rhaid i fi ga'l gwraig, achos o'dd Mam wedi marw, a fedrwn i ddim gofalu ar ôl fy hunan a rhedeg y ffarm.'

Fedrwn i ddim dadle yn erbyn pendewdod fel'na, felly rhaid o'dd treio ystryw arall.

'Pam nad ewch chi i ymolch a siafo, Mr Puw? Bydde Anti Mary yn torri'i chalon petai hi'n gwbod 'ych bod chi'n difalio'ch hunan fel hyn. Fe gawn ni ddished 'da'n gilydd wedyn.'

Ac yn wir, fe aeth fel oen bach heb weud bw na be. Es inne i weud wrth yr howsciper 'mod i wedi newid fy meddwl a 'mod i'n barod i gael dished 'run pryd â Mr Puw. Gwnaeth rhyw ebychiad crintachlyd, ond tynnodd liain gwyn o'r drâr, a'r llestri gore o'r cwpwrdd, a chyn pen whincad ro'dd bara menyn jam a bara wan-tŵ ar y ford.

Ro'dd trefen 'da Miss Walters.

Ymhen rhyw chwarter awr ymddangosodd Mr Puw fel dyn newy' – wedi newid ei ddillad, cribo'i wallt, siafo a molchi'n lân. Ro'dd yn amlwg ei fod wedi codi'n rhy hwyr i gael y sgram arferol i frecwast. Menyw a gadwai at ei rheolau caeth o'dd yr howsciper.

Cawsom glonc ddifyr dros y ddished. Ond rhaid o'dd mynd i Lan-dŵr, ac esgusodes fy hunan.

'Diolch am alw, Jini fach – dere'n glou 'to.'

'Rwy'n siŵr o ddod – dowch chithe draw i Nant-y-wern i roi tro am Dad-cu.'

'Iawn, Jini, rwy'n addo.'

Es oddi yno'n teimlo'n dipyn hapusach na phan gyrhaeddais.

Ces groeso tywysogaidd gan Sara; do'dd Mari ddim gartre – wedi mynd i hala llysie.

'Wel, Jini fach, rwyt ti'n rhoces fowr nawr, ac wedi prifio'n imbed. Wyt ti 'run boerad â dy fam. Wy ddim wedi dy weld di ers misoedd. Dere mlaen, wyt ti'n dala i leico cawl?'

'Odw Sara, do's neb yn gneud cawl yn debyg i chi.'

'A shwt wyt ti'n leico'r Cownti Scŵl?'

'Mae'n rhy gynnar eto i wbod yn iawn, dim ond wythnos wy wedi bod yno.'

'A rwyt ti wedi gwella'n iawn?'

'Gwella?'

'Ie, dwyt ti ddim yn cofio? Y tro diwetha weles i di, ro't ti wedi ca'l niwed – ro't ti a dy dad wedi cwympo mas yn eger.'

'Odw, Sara, wedi gwella'n iawn – wy ddim wedi'i weld e oddi ar 'ny.'

'Ma' fe siŵr o fod wedi difaru'i ened. Dyn byrbwyll yw dy dad, sy'n ffaelu'n lân â ffrwyno'i natur wyllt. Ond dyw e ddim yn ddrwg i gyd, Jini.'

'Well 'da fi beidio â sôn amdano, Sara.'

A bu distawrwydd.

'Weles i gip ohonot ti yn y briodas, Jini. O't ti'n edrych mor bert.'

'Weles i mono' chi. Do'ch chi ddim yn y festri'n ca'l bwyd?'

'Na, dim ond gwahoddedigion a phlant yr Ysgol Sul o'dd yn ca'l mynd i'r festri i wledda.'

'A finne'n credu fod gwahoddiad i bawb.'

'Na, Jini fach, pobol dlawd y'n ni – dim ond y rheiny â thipyn o steil, ac arian yn y banc, o'dd yn ca'l gwahoddiad.'

Distawrwydd eto.

'Wyt ti'n setlo lawr yn Nant-y-wern?'

'Odw'n iawn. Ond wy wedi newid f'enw o Jini John i Jane Lloyd-Williams.'

'Swanc iawn, ond Jini fyddi di i fi am byth.'

'Iawn, Sara, ma' ci da yn ateb i bob enw.'

Chwarddodd Sara, a 'da'r chwerthin hwnnw fe ailafaelwyd yn yr hen berthynas glòs.

'Dere, Jini fach, at y ford, ma'r cawl yn ffrwtian.'

Ces brynhawn wrth fy modd, a Sara'n clebran yn ddi-stop obeutu pethe bach amwys bywyd. Cyrhaeddodd Mari tua phedwar o'r gloch ac yna bu rhagor o glebran wast. Credai Mari fod Jane Lloyd-Williams yn enw mwy addas na Jini John, achos 'mod i'n byw bellach mewn clamp o dŷ mowr crand – tŷ'r byddigions. Ddwedodd hi ddim mwy na hynny, ond ro'dd yr un goslef yn ei llais ag o'dd 'da Joni, pan wna'th e ddannod i fi 'mod i bellach yn un o'r 'crachach'.

Troi am adre, a hynny heb un awydd i fynd mor bell â Llety'r Wennol. Oeddwn i eisoes yn anghofio fy mhlentyndod a'm magwraeth? Y tlodi a'r cecru? Na, fedrwn i ddim – ro'dd yn rhan annatod ohono

i. Do'dd newid cartre, a newid enw, byth yn mynd i ddileu'r creithiau hynny.

Seiclo ffwl-pelt, gan obeithio y byddai 'da Marged swper yn fy nisgwyl. Y tywydd yn braf, minne'n morio canu i gadw cwmni i mi fy hun, gan obeithio ar yr un pryd na fydde neb arall yn fy nghlywed.

> 'It's a long way to Tipperary,
> It's a long way to go-o.'

Ond yn sydyn, pan oeddwn o fewn tafliad carreg i Nant-y-wern, dyma ddyn yn neidio'n ddirybudd dros y clawdd o mlaen i. Breco'n sydyn, cwympo oddi ar y beic, a rhoi bloedd annaearol yr un pryd. Dyta!

'Gest ti ddolur, Jini fach?'

'Naddo, ond naws diolch i chi. Be chi'n neud ffor' hyn? Sdim ofon Dad-cu arnoch chi?'

'Ma' dy Ddad-cu wedi mynd bant yn y car-a'r-poni, ac ma'r ddwy forwyn wedi mynd i rwle 'da'r bws. Ma' hi'n ddy' Sadwrn, Jini.'

'Wy'n gofyn eto – be chi'n neud ffor' hyn?'

'Dod i roi tro amdanat ti, Jini fach.'

'Wy ddim eisie'ch gweld chi. Dych chi'n cofio beth ddigwyddodd y tro diwetha i ni gwrdd?'

'Odw Jini, a ma'n ddrwg 'da fi,' a dyma fe'n codi'r beic a rhoi'i fraich amdana i.

'Peidiwch, Dyta – peidiwch cyffwrdd yno' i. Ewch o'ma. Wy ddim eisie'ch gweld chi.'

Sgrechiais mewn panig. Ma'n rhaid fod Ledi

wedi clywed fy ngwaedd, a gweles hi'n campro'n wyllt tuag ata i. Gwnes inne gamgymeriad difrifol. Gwaeddais ar Ledi mewn llais pryderus. 'Hys e, Ledi! Llynca fe, Ledi.'

A dyma hi'n rhoi un naid tuag ato, a rhwygo'i drowser o'r top i'r gwaelod. Rhoddodd sydyn-rwydd yr ymosodiad sioc iddo, a rhoes gic erchyll i'r ast druan nes ei bod yn gorwedd yn ddiymadferth ar y llawr.

Rhedais ati gan ei hanwylo.

'Dyna chi wedi lladd Ledi – faddeua i byth bythoedd i chi! Mae hi wedi marw!'

'Trigo ma' blydi cŵn, nid marw,' mynte fe mewn llais crac, cas.

Fe blygodd lawr i roi ei law ar ei phen hi, ond er ei phoen a'i gwendid, dyma hi'n noethi'i dannedd arno. Ro'dd hi'n fyw, diolch byth.

'Rhaid ei symud o fan hyn. Rhaid ei chario i'r tŷ. Rhaid ca'l y fet ati,' mynte fi.

'Fe alla i 'i chario hi, os wyt ti'n fodlon, Jini.'

O'dd yn rhaid i fi fodloni, er mwyn Ledi. Fe'i cododd i'w freichiau, a'i chario'n ddigon gofalus, chware teg iddo, a minne'n hwpo'r beic – ro'dd un o'r olwynion yn fflat ar ôl y godwm.

I mewn â ni yn dawel drwy ddrws y cefen – dim sôn am Marged, diolch byth.

'Rhowch hi i orwedd ar y mat o fla'n y tân, a bant â chi o 'ngolwg i.'

'Ond Jini – gwranda, Jini fach.'

'Mas o 'ngolwg i, a pheidiwch â dod yn agos ata i, byth eto. Cerwch!'

'Rwyt ti'n siŵr o ddifaru.'

'Difaru? Dim byth. Bant â chi!'

Caeodd y drws yn glap ar ei ôl. Cofiais inne ei fod wedi cario Ledi i'r tŷ, felly agores y drws a gweiddi ar ei ôl.

'Diolch am gario Ledi – ro'dd hi'n rhy drwm i fi ei chario.'

'Falch o helpu, Jini fach.'

Ro'dd Ledi wedi agor 'i llyged erbyn hyn, a weles i 'rioed y fath dristwch yn llyged neb ag a weles i yn llyged Ledi y noson honno.

Gweiddi ar Marged – dim smic na sŵn yn unman. Des o hyd iddi'n pendwmpian o flaen tanllwyth o dân yn y parlwr bach.

'Marged, ma' Ledi wedi ca'l damwain ofnadw, ac ma' hi'n gorwedd yn gelain yn y gegin gefen. Rhaid ca'l y fet – ar unweth. O's 'na rywun obeutu'r lle i fynd i mofyn y fet?'

'Be sy wedi digwydd? O'dd hi'n cyfarth wrth ddrws y cefen chwarter awr yn ôl.'

'Marged – rhaid ca'l y fet ar unweth. Ma' Ledi'n marw!'

Aros di. Ma' Dai y gwas bach obeutu'r lle yn rhywle,' a dyma hi'n tynnu whit o'i phoced, a mynd i'r drws a chwibanu. Ymddangosodd Dai'n wyrthiol o rywle. Rhoes orchymyn iddo farchogaeth y ferlen wen a chyrchu'r fet ar unweth.

'At beth?'

'At beth? Ma' rhywun wedi ymosod ar Ledi ac ma' hi'n marw. Hastia, er mwyn Duw.'

Aeth yntau'n ufudd heb holi rhagor.

Erbyn hyn, ro'dd Marged yn dechre busnesa. Fentrwn i ddim dweud y gwir wrthi. Byddai'n siŵr o glapian wrth Dad-cu a wedyn lwc-owt. Byddai pob aelod o'r polîs yn y sir ar warthaf Ifan John.

'Ble ces ti afel ynddi, Jane?'

'Yn gorwe' mewn poene ar ochor y ffordd.'

'Druan â Ledi – ma' rhywun wedi treio'i lladd. Shwt ces ti 'ddi i'r tŷ?'

'Ei chario hi.' Ddwedes i ddim pwy a'i cariodd.

Arhoses am amser, o'dd yn teimlo fel oes, yn disgwl, disgwl, yn siarad â hi a'i chysuro. O'r diwedd clywes sŵn moto-beic. Y fet!

Rhedais i'w gwrdd.

'Diolch am ddod mor glou – dewch i'r tŷ ar unweth.'

Fe swmpodd e Ledi'n annwl ac yn dyner. Hithau'n rhoi ambell i ochenaid dawel, ond wnaeth hi ddim chwyrnu na noethi ei danneddd unweth. Ro'dd hi, druan fach, fel petai'n deall fod y dyn wedi dod i'w gwella.

'Ma' hi wedi torri o leia dair o'i heis – ma' rhywun wedi rhoi cic nerthol iddi. Welsoch chi rywun obeutu'r lle?'

'Do, o'dd 'na ddyn dierth yn cered ar y ffordd a fe helpodd fi i'w chario i'r tŷ.'

Ro'dd y celwydde'n dod yn haws bob cynnig.

'Ma'n edrych yn debyg ei bod wedi cael cic gas 'da rhywun, neu wad 'da phren trwm.'

'Odi ddi'n mynd i wella?'

'O, odi, os nad o's 'na waedu mewnol. Mi rof i bigad iddi nawr, ac fe ddyle godi ar ei thra'd erbyn y bore. Cadwch hi'n dawel – dim un siort o gynnwrf.'

'Diolch, Mr Huws, diolch yn fawr.'

'Os na fydd hi wedi codi erbyn nos fory, galwch fi eto.'

'Faint yw'r gost, Mr Huws?'

'Peidiwch â phoeni am dalu. Fe gaiff Mr Lloyd-Williams fil o hyn i'r Nadolig.'

A bant ag e.

Rhoesom ychydig o laeth iddi i'w yfed a blanced drosti i'w chadw'n gynnes. Fe hanner cododd ei phen, fel petai'n diolch i fi. Nid ci cyffredin mo Ledi, ond un o'r ffrindie anwylaf a ges i erioed.

Clywais Dad-cu yn dod i'r tŷ – rhaid paratoi rhagor o gelwyddau eto.

'Wel, wel, beth ddigwyddodd i Ledi?'

'Gweld hi'n gorwedd ar ochr y ffordd, yn gwmws fel 'tai hi wedi marw.'

'Rhyfedd iawn, Jane – shwt gest ti ddi i'r tŷ?'

'Fe helpodd rhyw ddyn caredig fi i'w chario i'r tŷ. Rhywun o'dd yn pasio ar y pryd.'

'Sdim dynion yn pasio ffordd hyn, Jane – ma' nhw naill ai'n dod 'ma, neu'n mynd o 'ma. Oe't ti'n nabod e?'

'Na, wy'n nabod neb ffordd hyn.'

'Ofynnest ti mo'i enw?'

'Naddo.'

'Fe ddylet fod wedi gneud – mi faswn i'n leico hala gair o ddiolch iddo.'

Fe blygodd i roi da bach iddi, a dweud, 'Mi gawn ni'r fet ati bore fory.'

'Mae'r fet wedi bod, Dad-cu. Fe aeth Dai y gwas bach i'w moyn.'

'A be wedodd e?'

'Ma' hi wedi torri rhai o'i heis, ond mi fydd yn iawn – os nad yw hi'n gwaedu tu mewn.'

'Mae'n beth od iawn,' medde Marged, 'ro'dd hi'n cyfarth ar y clos rhyw chwarter awr cyn i Jane gyrraedd.'

'Welsoch chi rywun, Marged?'

'Na, weles i neb, ro'dd Jane ar ben ei hunan bach.'

'Wy ddim yn leico sŵn y dyn 'na. Does dim hawl 'da neb joli-hoitan ar hyd y dreif, os nag o's 'dag e neges neu fusnes yn Nant-y-wern. Wy'n teimlo braidd yn anesmwyth obeutu'r holl beth.'

'Swper ar y ford,' cyhoeddodd Marged.

'Dere Jane, i ni gael bwyta – mi faswn i'n leico i ti ddod 'da fi i'r eglwys bore fory.'

'Sori Dad-cu, alla i ddim dod. Mi fydda i'n gorfod gwylad Ledi heno, ac mi fydda i wedi blino gormod i fynd i'r eglwys bore fory.'

'Ffwlbri noeth – gwylad Ledi, wir! Be nesa?'

Dim gair o ben neb. Ymhen hir a hwyr, medde fe,

'Ma'n hen bryd i ti fynychu lle o addoliad, Jane – ro'dd dy fam yn ffyddlon iawn yn yr eglwys.'

Dyma'r tro cynta iddo sôn am Mamo wrtho i. Ond rown i wedi penderfynu nad awn i i'r eglwys nes 'mod i wedi penderfynu beth o'dd y pwrpas o fynd. Ro'dd y ffeirad wedi gwneud cymaint o gawdel o bethe diwrnod angladd Mamo, fel bod fy meddwl i'n dala i droi a throi ynglŷn â'r busnes 'ma o farw ac atgyfodi, o uffern ac o nefoedd.

'Na, Dad-cu, fedra i ddim mynd i'r eglwys fory – bydd yn rhaid i fi garco Ledi. Ma' mwy o'n angen i ar Ledi nag sy ar y ffeirad.'

Ddwedodd e 'run gair arall – ddwedodd neb 'run gair tra buom yn swpera.

Na, es i ddim i'r gwely am hydoedd; eisteddes yn ymyl Ledi, yn siarad â hi, a'i chanmol bob hyn a hyn. Agorodd ei llygaid ar ôl sbel, a threio codi; rhoes inne ddiferyn o laeth iddi, ac fe'i yfodd i gyd. Ro'dd Ledi ar ei ffordd i wella!

Es inne i'r gwely a chysgu fel twrch, hyd nes i Marged fy neffro a brecwast llawn i mi ar hambwrdd. Ro'dd hyn yn amheuthun i mi.

Ro'dd Ledi wedi codi, medde hi, ac yn gallu llusgo cerdded ar dair coes, ac wedi cerdded mas i'r clos.

Diolch byth! Bydde bywyd yn llawer mwy diflas yn Nant-y-wern heb ffyddlondeb Ledi.

11

Codi, a gwisgo ar ras; teimlo 'mod i'n esgeuluso Ledi. Ro'dd y pwyse trwm yn dala yn fy stumog, a rhyw iselder na fedrwn mo'i esbonio yn cnilan yn fy nghalon. Ond roedd Ledi ar ei ffordd i wella; cododd yn ddigon trwsgwl pan welodd fi, a chrwnan yn isel, nid cyfarth, fel croeso. Dyna un gofid yn llai; byddai'n iawn 'mhen wythnos, gobeithio.

Ond rown i'n dal i boeni. Pam o'dd yn rhaid i fi raffo celwydde ynglŷn â'r 'dyn caredig' wrth y fet, wrth Dad-cu ac wrth Marged? Ai am fy mod i eisie achub ei gam? Rown i'n casáu Dyta. Ond os felly, pam na faswn i wedi bod yn hollol onest, a dweud yn glir ac yn groyw taw Dyta o'dd e? Tybed a yw gwaed yn dewach na dŵr wedi'r cwbwl . . .

Erbyn y bore, roedd cywilydd arna i; ac eto, pe bawn i wedi dweud y gwir wrth Dad-cu, byddai wedi hysbysu'r polîs, a mwy na thebyg cyn pen dim byddai Dyta ar ei ben yn y carchar. Ro'dd Dat-cu'n ustus heddwch, 'ta beth mae hynny'n 'i olygu. Yn ôl Marged, ro'dd yr hawl ganddo i garcharu pobol. Ai dyna oeddwn i eisie? A dweud y gwir, wyddwn i ddim beth own i eisie. Penderfynais wisgo fy nghot fawr, a mynd mas i edrych yn gwmws ar y man lle cwmpes i. Ro'dd hi'n fore oer, a llwydrew cynta'r gaea wedi disgyn. Fe ges i waith mynd mewn i'r got gaea – rown i wedi 'mestyn modfeddi oddi ar y gaea diwetha. Wrth fynd mas gwelodd Marged fi.

'Jane, fedri di ddim gwisgo'r got 'na – ma' hi'n llawer rhy fach i ti. Wyt ti'n rhoces fowr nawr.'

'Ma'n rhaid iddi neud y tro, dyna'r unig got fowr s'da fi.'

'I ble rwyt ti'n mynd?'

'Dim ond lan y dreif i weld lle cafodd Ledi ddolur.'

Ac ro'dd 'na fwlch yn y clawdd, lle ro'dd Dyta wedi hyrddio'i hunan drosto. O'dd, ro'dd Dyta'n hollol benderfynol o ga'l gafel yno' i. Fe ddaeth ton o hunandosturi yn gymysg ag ofn drosto i, ac mi frysiais 'nôl i glydwch Nant-y-wern.

Yno ro'dd Marged yn gonsýrn i gyd, nid am y ddamwain a gafodd Ledi, ond am fy mod yn gwisgo cot o'dd yn rhy fach i fi.

'Beth ddwedai bobol y pentre petaen nhw'n dy weld di'n gwisgo'r fath beth?'

'Twt, twt, Marged, byddai'n rhaid i fi fynd i'r dre i brynu cot newy', a 'sda fi mo'r arian na'r amser i wneud hynny.'

'Ond ma' llond wardrob o ddillad yma ar ôl dy fam, a chan dy fod ti wedi prifio cymaint, wy'n siŵr fod 'na rywbeth fase'n dy ffito di. Wyt ti'n fodlon dod i edrych?'

'Wrth gwrs, Marged.'

A wir, ro'dd 'na got lwyd fel newy', ond ei bod braidd yn hir i fi – ffitiai'n berffaith heblaw am hynny.

'Dim problem,' mynte Marged, 'af ynghyd â'i byrhau fory.'

Ro'dd hi'n broblem gwinio ar y Sul, wrth gwrs –

ro'dd y dydd hwnnw'n sanctaidd, a dywedid yn glir yn y Beibl, 'Na wna ynddo ddim gwaith'. Felly, gwisgo'r got unwaith eto, ac wrth roi fy llaw yn y boced, teimlais rywbeth caled. Allwedd. Ddwedes i 'run gair wrth Marged, ond tybed ai hon o'dd yr allwedd i'r drâr bach yn y ford binco? Y drâr bach na weles i neb yn ei agor erio'd, hyd yn o'd pan own i'n byw yn Llety'r Wennol.

Unweth i Marged droi'i chefen, dyma fi'n rhoi'r allwedd yn y clo, ac fe agorodd yn rhwydd. Erbyn hyn, rown i'n siŵr fod yna gyfrinach yn llechu yn y drâr bach – neu pam ei gloi, a hynny ers blynydd-oedd lawer? Ro'dd allwedd blwch tlysau Mamo mewn cist dan y gwely, ond fase neb wedi meddwl twrio ym mhocedi ei dillad yn y cwpwrdd i whilo am unrhyw allwedd. Wy'n cofio i mi ofyn iddi unweth pam na fuse hi'n defnyddio'r drâr bach.

'Ma' fe wedi'i gloi, a 'sda fi ddim syniad ble ma'r allwedd.'

Agores y drâr yn ofalus – ro'dd ei lond o bapurau wedi'u clymu'n ofalus â rhuban pinc. Rhaid o'dd i fi gael llonydd, perffaith lonydd, i'w whilmentan. Bydde'n rhaid i mi ffugio blinder, ac erbyn meddwl ro'dd 'da fi reswm digonol hefyd – ro'dd y sioc o ddamwain Ledi, ac aros lawr yn hwyr tan berfeddion i'w charco, yn rheswm digonol i fynd i'r gwely'n gynnar. Felly'n syth ar ôl swper, wedi gweld fod Ledi'n gyfforddus, dyma fi'n esgusodi fy hunan, a bant â fi i 'ngwâl. Gofales gloi'r stafell wely – rhag ofn. Menyw ffyslyd, fusneslyd o'dd Marged.

Rown i'n teimlo 'mod i ar fin dod o hyd i hen, hen, gyfrinach, a dim ond 'da fi o'dd yr hawl i'w darganfod a'i dirnad. A dyma agor y drâr bach yn llawn cyffro, a thipyn bach o bryder hefyd. Dau becyn o bapurau wedi'u clymu'n ofalus â rhubanau pinc, pacyn o gardiau post wedi'u clymu â chorden, a pharsel bach ar wahân – marc post Llundain ac wedi'i gofrestru. Ro'dd llythyr tu fewn i'r parsel bach; darllenais hwnnw'n gyntaf, a theimlo 'run pryd nad o'dd hawl 'da fi i'w ddarllen.

Dyma fe air am air:

> Guy's Hospital
> London
>
> Ionawr 15fed 1913

Myfi,

Yr ydwyf yn dal yn fy ngwely, ers dau ddiwrnod. Yr ydwyf wedi methu â mynd i'r gwaith, oherwydd ni fyddai'n deg ar y cleifion. Nid ydwyf yn gymwys i'w trafod yn fy nghyflwr presennol, oherwydd fe wnaeth y llythyr un brawddeg a dderbyniais oddi wrth Mary Pugh fi cyn saled â'm cleifion. *Gorfod priodi*, dyna ddywedodd Mary. Pam, Myfi? Pam, yn enw Duw? Oeddet ti wedi cael syrffed ar ein perthynas bur ni'n dau? Wyt ti'n cofio'r addunedau a'r cynllunio? Oedd y cyfan yn gelwydd i gyd? Oeddwn i'n gariad rhy hen ffasiwn i'th fodloni?

Fe wneuthum i amau fod rhywbeth mawr o'i le pan fûm i gartref dros y Nadolig. Yr oeddet yn ddagreuol iawn ac yn ddi-sgwrs hefyd. Rhoddais hynny i lawr i'r ffaith dy fod yn astudio'n rhy galed yn y coleg, a'th fod yn dioddef gyda dy nerfau. Ond na, dolur arall oedd arnat ti. Pam na fuaset wedi bod yn onest â fi yr adeg honno. Pam, Myfi? Cywilydd?

Gorfod priodi – dim ond un peth mae hynny'n ei olygu i bobol y wlad. A phwy yw tad dy blentyn?

A gefaist ti dy dreisio? Os felly, rydw i'n dy garu di gymaint fel fy mod yn barod i faddau i ti, a magu dy blentyn fel plentyn i mi. O, Myfi, mae arnaf i ofn fy mod yn byw mewn paradwys ffŵl. Petait ti wedi cael dy dreisio, mi fuaswn wedi clywed cyn hyn, a buaswn wedi dial ar y treisiwr.

Rwyf wedi cael fy llorio'n lân. Fydd bywyd byth yr un peth eto.

A sut mae dy dad yn teimlo? Druan ohono, gobeithio y gall ddal y storom heb ddiffygio. Yr ydwyf yn teimlo'n rhy siomedig ac yn rhy chwerw f'ysbryd i ddymuno'n dda i ti yn dy briodas, ond nid anghofiaf byth mohonot – na, dim byth bythoedd.

Mewn gofid a siom

dy hen gariad
John

O.N. Prynais y freichled amgaeedig fel anrheg i ti ar dy ben-blwydd nesaf. Does yna neb arall y carwn ei gweld yn ei gwisgo. Felly, derbyn hi, er cof amdanaf, ac er cof am y dyddiau diddan gynt–J.

Darllenais y llythyr drosodd a throsodd. Y gwewyr! Y gofid! Y twyll!

Rown i'n diodde oddi wrth rhyw lwmp yn y stumog, rhyw bwyse anesboniadwy. Ond ar ôl darllen llythyr John, fe'm llyncwyd gan iselder. Fe gafodd ei glwyfo hyd at yr asgwrn, ac ar Mamo o'dd y bai. Ac i wneud pethe'n waeth, fi o'dd y babi a gariai yn ei chroth – fi o'dd achos yr holl drychineb.

Oeddwn, rown i'n cofio John yn iawn – rhyw dair oed own i ar y pryd. Cofio'i weld yn cyrraedd Llety'r Wennol rhyw fore – ar gefen ceffyl, yn edrych yn grand iawn, mewn gwisg milwr, mor wahanol i Dyta. Cofio gweld y ddou'n cofleidio a chusanu'i gilydd, a Mamo'n llefen, a chofio Mamo'n fy siarsio i beidio â dweud 'run gair wrth Dyta. 'Mhen rhai misoedd, clywed fod John wedi'i ladd yn Ffrainc, a Mamo'n wylofain, ac yn pallu bwyta dim am ddiwrnode. Amser anhapus iawn.

O edrych 'nôl, rwy'n siŵr fod Mamo'n fy nghasáu pan own i'n blentyn ifanc. Onid fi o'dd holl achos ei gofid a'i helbul? Ches i 'rioed gwtsh iawn 'da hi, dim ond rhyw gusan bach ysgafn ar fy moch wrth fynd i'r gwely. Hynny yw, tan 'mod i tua saith oed – dyna'r pryd y deallodd hi fod Dyta'n fy siabwcho. Fe wellodd ein perthynas ar ôl hynny. Ond fe ges i 'nghwtsio hyd syrffed 'da Sara a Mari, a 'da Anti Mary hefyd, diolch am hynny.

Ond ro'dd darllen llythyr John wedi rhoi siglad i fi, ac yn esbonio dieithrwch Mamo tuag ata i, pan own i'n fach. Nid plentyn ei chariad own i, ond plentyn ei phechod. Druan â Mamo.

Agores y bocs melfed yn ofalus, ac ynddo ro'dd y freichled hardda a weles i erio'd – aur pur wedi'i gerfio'n grefftus. Gwisges hi 'da balchder, a thrwy wneud, teimlo gofid ac edifeirwch Mamo, achos wy'n siŵr ei bod wedi difaru pob blewyn ar ei phen am 'i phechod, a do's 'da fi ond gobeithio fod rhywun yn rhywle wedi madde iddi. Rwy'n siŵr o un peth, iddi ddiodde weddill ei hoes am lithro a 'gorfod priodi' Dyta.

Ro'dd 'na ugeinie o lythyrau eraill yn y drâr, ond do'dd gen i mo'r awydd i ddarllen rhagor – rown wedi cael mwy na digon yn barod.

Es i'r gwely a'r freichled am fy ngarddwn; rhoes gusan iddi, a thrwy'r weithred fach honno teimlais fy mod yn nabod Mamo'n well, ac yn medru madde rhyw gymaint iddi. Ond faddeua i byth i Dyta – O, na.

Methu'n lân â chysgu – llythyr John a phechod Mamo'n troi a throsi yn fy mhen fel twm-twff. Ro'dd yn rhybudd i minne hefyd – rhybudd rhag cwmpo mewn cariad â rhywun, a'r rhywun hwnnw'n meddiannu fy mywyd yn llwyr.

Ro'dd Magi wedi colli'i phen yn lân 'da'r rhocyn Jac 'na. Dyna o'dd 'i siarad hi, bob cyfle a gâi, a byddai'n diodde byw trwy'r wythnos er mwyn ca'l ei gwmni bob nos Sadwrn a bob nos Sul.

'Rwy wedi cwmpo dros fy mhen a 'nghlustie mewn cariad ag e. Ma' fe'n lyfli.' Dyna fydde hi'n weud wrtha i.

Rhaid i fi gadw'n glir rhag y clwy, achos rwy'n siŵr taw rhyw haint yw'r ynfydrwydd caru 'ma – fel y ffliw neu'r dwymyn doben.

Mi fues i'n meddwl a synfyfyrio am oriau, a cheisio dadansoddi'r dyfnder a'r hiraeth o'dd yng nghynnwys llythyr John, ond fedrwn i ddim. Tybed a o'dd Dyta'n caru Mamo unweth fel o'dd John yn ei charu? Na, do'dd Dyta'n caru neb ond fe'i hunan. Hen hanes o'dd carwriaeth John a Mamo hefyd erbyn hyn, a gwell fyddai i mi anghofio'r cwbwl.

Byddai'n rhaid i mi godi'n gynnar yn y bore – i fynd i'r ysgol.

Ond rhywfodd, ro'dd y cyffro a deimlwn yr wythnos gynta wedi diflannu. Gwyddwn yn gwmws beth i'w ddisgwyl, a rhaid i mi gyfaddef 'mod i dipyn bach yn siomedig yn yr addysg a ges i mor belled, a do'dd 'da fi ond gobeithio y byddai safon addysg y Cownti Scŵl wedi gwella tipyn yn ystod yr ail wythnos – fy addysg hollbwysig er mwyn 'dod mlaen yn y byd'.

12

Llais Marged yn bloeddio.

'Dere Jane, cwyd ar unweth – ma' hi wedi troi saith, ac ma'r bws yn 'madel am wyth.'

Ras wyllt!

Llyncu brecwast, pacio'r ces – llyfre, dillad i newid, heb sôn am y menyn, ham a wye, a wn i ddim beth i gyd.

Strach!

Dad-cu yn fy hebrwng yn y car-a'r-poni i'r pentre.

'Dad-cu, wnewch chi ofyn i Magi ddod i 'nghwrdd i nos Wener oddi ar y bws? Fydda i'n falch o gwmni, a cha'l help i gario'r ces.'

'Ar bob cyfri, Jane. Rhywbeth arall leicet ti?'

'Na. Diolch, Dad-cu, ry'ch chi'n garedig dros ben.'

'Twt, twt, groten – dim ond ti s'da fi bellach i'w hanwylo. Wyt ti'n gysur mowr, cofia, i hen ŵr yn 'i henaint.'

'Sh, Dad-cu – y'ch chi'n campro obeutu'r lle fel ebol, w.'

'Na, Jane fach – ers blynydde bellach wy wedi bod fel rhyw hen bwrs y mwg, ond rwyt ti wedi dod â thipyn o heulwen i mywyd i'n ddiweddar, diolch am hynny.'

Darllen llythyr John wnaeth i mi sylweddoli maint y siom a'r gwarth a achoswyd gan ymddygiad Mamo, nid yn unig i John, ond i Dad-cu hefyd. Dyn parchus, gor-barchus falle, siampl i'r holl ardal, tad i ferch o'dd yn addurn i'r gymdogaeth – merch hardd, sgolor gwych, ac yna syrthio i'r dyfnderoedd, yn destun sbort a chrechwen pawb. Druan â Dad-cu.

Daeth y bws 'mhen rhyw bum munud, ac fe ges i hanner awr o chwalu meddylie a synfyfyrio cyn cyrraedd y tŷ lojin. Ro'dd Miss Jones yn groeso i gyd.

'Gymrwch chi ddished, Miss Jane?'

'Dim diolch, neu mi fydda i'n hwyr i'r ysgol.'

Do'dd dim o'r un cynnwrf yn fy stumog y tro hwn. Gwyddwn beth i'w ddisgwl.

Yr un drefen yn gwmws – galw mas ein rhifau. Do'dd dim enw 'da neb – fel criw o filwyr ar fin mynd i'r gad. Mynd wedyn i'r un stafell ac at yr un ddesg. Disgwyl yn stwrllyd am athro, ac er syndod i bawb, 'mhen hir a hwyr, dyma'r Prifathro'n cyrraedd â gwialen yn ei law – cên o'dd yr enw swyddogol arni – a tharo'r ford nes bod y lle'n clindarddach.

Lwc-owt!

Pregeth hir wedyn am ein diffyg maners. 'You must all stand to attention when the Headmaster enters your classroom. No talking, no shuffling, and no sniffing of noses.'

Aeth mlaen am rai munude am y diffyg parch at athrawon, ac am ddiffyg cwrteisi plant y wlad.

'Hands up all those who live in the country.'

'Country' o'dd y wlad tu fas i gyffinie'r dre.

'I shall have to keep an eye on you.'

Yna, o'r diwedd, dechre ar y wers – Lladin – ac yn pwysleisio pwysigrwydd yr iaith fel pwnc. Os na fyddech yn medru Lladin fyddai dim gobaith caneri 'da chi fynd i'r Brifysgol, na dod mlaen mewn unrhyw ffordd yn y byd addysgol.

Clatsien anferthol ar y ford wedyn gyda'r cên, a dechre ar y wers o ddifri.

'Mensa . . . Mensa . . . Mensam . . . Mensae . . . Mensae . . . Mensa.'

Cydadrodd y rheiny'n ddi-stop tan ddiwedd y wers heb syniad beth o'dd eu hystyr. Ro'dd y cyfan yn f'atgoffa o Miss a'i thablau yn yr ysgol fach. Wedyn, ein siarsio i brynu llyfr o'r enw *Elementa Latina* mewn siop yn y dre. Clec arall i'r ford, nes bod y lle'n crynu. Rown i'n falch o weld cefen y dyn.

Yna, Miss Hunter yn baldorddi obeutu 'Parts of Speech'. Rown i wedi dysgu'r cwbwl obeutu'r rheini gyda Mistir 'slawer dydd, a gwastraff o'dd y wers honno hefyd.

Un wers ddiflas ar ôl y llall, a minnau'n dyheu i glywed y gloch amser cinio'n canu. Bron â starfo – heb ga'l tamed oddi ar hanner awr wedi saith y bore.

Lawr i'r dre i brynu pryd da o fwyd. Gweld Joni ar y stryd a rhedeg ato i dorri gair.

'Jini – sori, Jane. . . wyt ti ddim yn cofio – dyw bechgyn a merched ddim fod i siarad â'i gilydd ar y stryd?'

Na, doeddwn i ddim yn cofio. Diflastod. Pwy raid wrth reole hurt fel'na? Heblaw am Olwen a eisteddai yn yr un ddesg â mi, Joni o'dd yr unig berson a adwaenwn yn yr holl le. Fe ges i syniad gwych.

'Joni, dere 'da fi i ga'l cinio. Dyw hynny ddim "on the street".'

'A phwy sy'n mynd i dalu am ginio i fi?'

'Fi, wrth gwrs, Joni. Dere mlaen.'

'Na, Jini – sori, Jane – wy ddim yn derbyn cardod 'da neb – neb.'

'Wy'n teimlo'n unig, Joni – dere'n gwmni 'da fi.'

'Na, Jane, rwyt ti wedi dieithro dy hunan oddi wrth rai fel fi trwy fynd i fyw at y bobol fowr.'

Ddwedodd e mo'r gair 'crachach' y tro 'ma, ond dyna o'dd e'n 'i feddwl. Fe ges i siom. Be sy'n bod ar bawb? Dyw newid tŷ ddim wedi fy newid i o gwbwl. Wy'n teimlo'n gwmws 'run peth at bawb – 'r unig beth sy wedi 'ngwneud i'n wahanol yw'r lwmpyn cythreulig sy'n pwyso'n drwm yn fy stumog.

Es i mewn i'r caffi ac eistedd wrth ford fach gron yn y cornel pella. Fe ges y cinio arferol, ond do'dd dim awydd bwyta arna i – ro'dd Joni wedi sbwylo'n stumog i at fwyd.

'Nôl i'r ysgol gan deimlo'n ddigon fflat.

Gwers i ferched yn unig, a hynny drwy'r prynhawn. 'Cookery and Laundry.'

A dyma ni'n cael tywel sychu-llestri yr un i'w olchi – tywelion perffaith lân wedi dod yn strêt o'r drâr.

A dyna lle buon ni'n golchi a rhwbio'r rheini am yn agos i awr – rhai'n cael sgrafell rhwbio, a'u sgrwbo ar honno. Do'dd dim digon o'r rheini i'w cael i allu rhoi un i bawb. Ro'dd y lleill yn gorfod rhwbio 'cloth against cloth' gan ddefnyddio sebon coch digon drewllyd.

Wedyn stilo.

Dwy roces yn siario'r un heter, a'i dwymo ar dân agored, a'r athrawes yn bloeddio cyfarwyddiade.

'See that the fold is perfectly straight.' Ac os na fydde fe'n union syth, rhaid o'dd ei ail blygu, a'i blygu wedyn, a chyn bennu ro'dd yr heter wedi llwyr oeri, ac ro'dd hi'n amhosibl cael unrhyw fath o blet ar unrhyw liain.

Dyma'r addysg, yn ôl a welwn i, o'dd yn 'mynd i'n helpu i ddod mlaen yn y byd'.

Fe gawsom 'homework' hefyd yn yr ail wythnos. 'Parts of Speech', ac ysgrif gan Jones Welsh ar y testun 'Myfi fy hun' – 'and I want the story of your life written in good Welsh.' Ac yntau'n siarad pob gair yn Saesneg â ni!

Ro'dd y dydd yn tynnu ato, ac awel yr hwyr yn finiog, ond do'dd Miss Jones ddim wedi gweld yn dda i gynnau tân yn fy llofft i, a rhaid o'dd i fi sgrifennu ar gornel ford y gegin.

Daeth Miss Owen adre o'r gwaith cyn i fi bennu. Edrychodd arna i'n sarhaus.

'S'mo swper yn barod?'

'Na, s'mo Jane wedi bennu ei "homework" eto.'

'Rown i'n meddwl fod stafell ei hunan 'da hi at y job 'ny.'

Teimlwn ei bod yn hen bryd i fi saco fy mhig i mewn.

'Petai Miss Jones wedi cynnau tân yn fy llofft, fel

yr addawodd hi i Dad-cu, faswn i ddim wedi breuddwydio ymyrryd ar eich preifatrwydd chi, Miss Owen.'

Edrychodd y ddwy yn syn arna i, a dweud dim.

Aeth Miss Jones ati'n ffyslyd i baratoi swper. Cliriais inne fy sang-di-fang oddi ar y ford a mynd â nhw i'r llofft. Arhosais yno hyd nes i Miss Jones alw arnaf, a phenderfynais fynd ati i sgrifennu'r ysgrif hollbwysig ar ôl swper.

Wy wedi'i ferwi, a bara menyn jam, o'dd i swper – a finne bron â starfo! Es 'nôl i'r llofft cyn gynted ag y medrwn – ro'dd yn well 'da fi fyw heb dân nag aros yng nghwmni'r ddwy hen ferch 'na.

Rown i'n becso tipyn bach hefyd ynglŷn â sgrifennu yn Gymraeg. Yr unig dro i mi ga'l gwersi Cymraeg o'dd yn yr ysgol fach pan aeth Mistir yn sâl a phan ddaeth Syr aton ni yn brifathro dros dro. Doeddwn i ddim eisie dweud stori fy mywyd, dweud yr holl hanes; hanes Mamo druan fach, a chreulondeb Dyta – ro'dd y cyfan yn rhy drist, ac erchyll hefyd. Doeddwn i ddim am weud 'mod i'n byw yn Nant-y-wern chwaith – mewn tŷ crand a pheunod ar y lawnt – neu mi fydde rhagor o bobol yn barod i ddweud 'mod i'n perthyn i'r crachach.

Crachach! Hen air salw! Rhaid bod yn ofalus, rhaid o'dd meddwl cyn dechre. Felly bant â'r cart.

MYFI FY HUN
Fy enw llawn yw Mary Ann Jane Lloyd-Williams. Cefais fy ngeni ar Ebrill 18, 1913. Enw fy nhad yw Ifan John, ac enw fy mam

oedd Myfanwy. Mae hi wedi marw ers rhai misoedd. Fe gafodd ei chladdu ym mynwent Sant Mihangel. Mae hiraeth arnaf ar ôl fy mam. Mi fues yn yr angladd. Roedd yn bwrw glaw. Roedd te parti yn y festri ar ôl yr angladd. Rwy'n byw nawr gyda Dad-cu. Mae e'n ddyn caredig iawn. Mae'n cadw defaid, ac mae ganddo bedwar o gŵn defaid. Un ohonynt yw Ledi, ac mae'n ast ddeallus iawn; mae'n fy neall i'n siarad, ac mae'n treio siarad 'nôl â fi. Hi yw fy ffrind gorau. Rydw i yn y County School ers pythefnos, ac yn lojo yn y dre gyda Miss Jones. Rydw i yn y County School am fy mod eisiau dod mlaen yn y byd, a bod yn annibynnol. Dyna oedd dymuniad fy mam.

Dyna ddiwedd y stori. Mi faswn wedi gallu sgrifennu llawer mwy, ond doeddwn i ddim eisie sôn am Dyta, am ei greulondeb at Mamo a minne, am ein tlodi yn Llety'r Wennol; a doeddwn i ddim eisie i neb wybod 'mod i nawr yn byw yn Nant-y-wern yng nghanol moethusrwydd.

Yn un o'r crachach!

Rhaid o'dd iddo wneud y tro.

Aeth yr ail wythnos heibio'n gyflymach na'r wythnos gynta, a mwynheais ambell i wers yn fawr iawn. Gwers Hanes, neu 'History' fel y'i gelwid. Stori am un o frenhinoedd Lloegr a'i chwe gwraig – stori arswydus.

O'r diwedd fe ges i'r teimlad 'mod i'n dysgu

rhywbeth o'r newydd, heb orfod adrodd rhyw ffiloreg wirion 'run fath â pharot.

Fe ges dân yn f'stafell hefyd cyn diwedd yr wythnos, a theimlwn yn fwy cyfforddus. Ro'dd cael stafell i mi fy hunan yn rhoi rhyw deimlad o annibyniaeth i mi.

Mynd adre'n sionc nos Wener, ac edrych mlaen at weld Ledi'n fwy na neb arall, ond mae'n rhaid i mi gyfadde 'mod i wedi ca'l pang bach, bach, o gydwybod o deimlo fel'na.

Y bws yn aros o fla'n y siop, ac yno yn fy nisgwyl o'dd Magi a Ledi! Ro'dd Ledi druan yn hercian ar dair coes.

'Chware teg i ti Magi am ddod â Ledi 'da ti.'

'O'dd hi 'ma o mlaen i, Jane.'

Gyda hyn, dyma Mrs Pegler mas o'r siop fel bollt.

'I'm warning you, Missie. I dunno want to see this dog loitering around this place – it be a danger to the public, ontefe.'

Cafodd Magi bwl o chwerthin.

'She bit a friend of mine last week, and ripped his trousers from top to bottom.'

Cafodd Magi bwl arall o chwerthin.

'Your friend, Mrs Pegler, must have hit her, or maybe kicked her.'

'My friend be a gentleman, Missie, and knows about animals. Him being a farmer – a gentleman farmer, ontefe.'

'Paid gwrando arni, Jane. Dere, ma' nhw'n dweud bod 'na "fancy man" yn byw 'da hi.'

'Wyt ti wedi'i weld e?'

'Naddo, ond ma' nhw'n dweud ei fod yn cwato yn y tŷ trwy'r dydd, a dod mas wedi iddi dwllu.'

'Reit, Mrs P,' mynte fi. 'You can tell your gentleman farmer friend that if he dares to touch this dog in any way whatsoever, he will have to deal with the police. And that applies to you too, Mrs Pegler. Understand?'

Ond o'dd rhaid i Magi gael y gair ola.

'And Miss Jane's grandfather is a JP, mind you.'

A bant â ni yn benuchel, ar ôl i mi gael cyfle i ganmol Ledi – Magi yn cario'r ces, fi'n cario'r bag llyfre, a Ledi'r ci yn hercian ar dair coes.

Erbyn hyn, rown i'n berffaith siŵr pwy o'dd y 'fancy man' – y 'gentleman farmer'.

Duw a'm helpo! Chawn i fyth wared ar y dyn. Byddai fel cysgod y fall yn fy nilyn am byth. Dyta!

13

Teimlwn yn swp sâl, yn gymysg i gyd, oherwydd
gorfod celu'r gwir. Rown i'n gelwyddgast ac fe
ddylwn i fod wedi gweud y gwir o'r dechre.
Cyfadde wrth Dad-cu taw Dyta o'dd y 'dyn
caredig', a'i fod yn dala i loetran obeutu'r lle. Petai
Anti Mary o fewn cyrraedd mi faswn wedi arllwys
fy nghwd wrthi hi. Dweud y gwir, a chael cyngor a
chydymdeimlad. Ond ro'dd Anti Mary yn
Abertawe, ac wedi'i llyncu gan Alun, gorff ac enaid.
O'dd 'da fi neb – neb y gallwn i ymddiried ynddo.

Bellach, fedrwn i ddim mynd am wâc lan y dreif,
rhag ofn y byddai Dyta'n llechu tu ôl i ryw glawdd
neu lwyn. Fedrwn i ddim dringo i Ben-top ragor i
gasglu blode gwylltion a syllu draw i'r pellter tua
Abertawe. Base ofn arna i, ofn Dyta.

Fedrwn i byth anghofio'r ffordd yr arferai neidio
ar fy mhen, ac achub mantais arna i. Fy siabwcho.
Na, dyw'r llewpart ddim yn gallu newid lliw ei
groen.

Dweud y cwbwl wrth Dad-cu fyddai'r ateb i'r
broblem. Ond fedrwn i ddim. Pam? Do'dd 'da fi
ddim ateb i hwnna. O's 'na ryw fath o berthynas
ddirgel rhwng plentyn a'i dad wedi'r cwbwl, ta
beth yw'r amgylchiade? Rhyw berthynas ddirgel
na fedrwn i mo'i deall na'i hesbonio? Yr unig
deimlad own i'n hollol siŵr ohono o'dd 'mod i'n ei
gasáu â chas perffaith, ac nad own i eisie'i weld
byth eto, bythoedd.

Ac eto. Pam? Pam? Ro'dd 'y mhen i'n troi fel chwyrligwgan. Byddai'n rhaid i mi dreio ymdawelu a rhoi trefen ar fy meddylie, neu mi fydde'r lwmp yn siŵr o ddod 'nôl i fy stumog i eto.

Ro'dd Marged, fel arfer, ar stepen y drws yn groeso i gyd. Dad-cu wedi mynd i nôl y fet – ro'dd y gaseg froc yn dost iawn, yn ffaelu â geni ei hebol bach. Minne'n cofio am Mamo'n rhoi genedigaeth i 'mrawd bach i – y boen a'r nadu. Rwy'n dala i gofio'r sgrechfeydd a'r dolefain arswydus. Ma'n debyg bod creaduriaid yn cael yr un drafferth. Druan â'r gaseg froc.

'Mhen hir a hwyr, daeth Dad-cu adre. Ro'dd y fet yno o'i flaen – ma' moto-beic yn gynt na char-a-phoni.

Erbyn i Dad-cu gyrraedd adre, ro'dd 'na slampyn o ebol bach yn ei ddisgwyl, a'r fam a'r babi'n iawn.

A chanlyniad i'r helynt a'r strach o'dd i Dad-cu wneud datganiad pwysig amser swper.

'Fydd dim eisie i ti Jane fynd i'r ysgol 'da'r bws fore Llun nesa; mi fydda i'n mynd yn ddigon bore i'r dre, i ti gyrraedd yr ysgol mewn pryd. Rwy i'n mynd ar neges bwysig dros ben. Rwy wedi penderfynu cael teliffôn i'r tŷ. Mae'n hollbwysig cael fet at greadur sâl, a hynny heb golli amser. Doctor hefyd, pan fo salwch yn taro.'

Sylwais fod galw'r fet yn bwysicach na galw'r doctor!

Marged yn cytuno: 'Fe ddylen ni gael ffôn ar bob cyfri, yn enwedig gan fod Jane yn byw 'da ni nawr

– wyddis 'm byd be all ddigwydd iddi a hithe mor bell o gartre.'

Odi, ma' deng milltir yn bell i bobol y wlad pan fo angen cyrchu help mewn cyfyngder, ond 'sa i'n gwbod pam o'dd yn rhaid i Marged ddod mewn â fi fel esgus i ga'l ffôn. Ond un fel'na yw Marged – rhaid iddi siarad fel oracl ar bob testun dan haul. Rown i'n cytuno, wrth gwrs – mi fase wedi bod yn lot o help pan o'dd Ledi'n dost.

Bwyta swper mewn tawelwch, fel arfer – gwastraff amser fyddai siarad amser bwyd. Rhaid o'dd canolbwyntio ar fwyta, a bwyta'n unig. Un peth ar y tro.

Mynd i'r parlwr bach i wneud fy ngwaith cartre. Byddwn yn cael lle i mi fy hun am awr neu ddwy ar ôl swper ran amla, ond heno daeth Marged i aflonyddu arna i. Ro'dd hi wrthi'n gweu'n fisi.

'Be chi'n weu, Marged?'

'Sane'r arch.'

'Be 'n y byd yw'r rheini?'

'Sane i wisgo yn yr arch, wrth gwrs.'

'Pwy sy'n mynd i farw?'

'Fi, Jane – rhyw ddydd a ddaw.'

'Ond do's dim eisie sane mewn arch. Amdo yw gwisg yr arch. Fydd 'ch sane chi o'r golwg.'

'Dyna lle wyt ti'n rong, Jane – dyw amdo'n dda i ddim ond i gwato pechode ac annibendod.'

'Pa annibendod?'

'Faset ti'n synnu. Ma' lot o bobol heb ddillad digon teidi i wisgo yn yr arch. Mynwod sy heb ddillad dy' Sul, ac ma'r amdo wedyn yn gyfleus i

105

gwato'u hannibendod; Jane, wyt ti'n cofio gweld dy fam yn ei harch?'

Oeddwn, rown i yn cofio Mamo, ac anghofia i byth mohoni yn ei ffrog sidan las, yn edrych mor dlos a heddychlon.

'Ro'dd hi fel angel, Jane.'

'Weles i 'rioed angel, Marged, ond rwy'n barod i'ch credu chi.'

'Rwy inne eisie mynd i'r bedd yn fy nillad fy hun. Dyw hi ddim yn arferiad i wisgo sgidie mewn arch, felly bydd rhaid i fi ga'l sane i gwato 'nhrad.'

'Rych chi'n golygu'n gadel ni whap, 'te?'

'Wyt ti ddim yn gwbod pryd daw'r dydd na'r awr. Rhaid bod yn barod.'

A bant â hi â'r gweu – edafedd gwyn, gwlân trwchus, a sŵn y gweill dur yn taro'i gilydd, clinc, clonc i dic toc y cloc mowr. Rown i'n dyheu am lonyddwch, ond dyma hi'n dechre arni wedyn.

'Dyw Magi ddim yn dda iawn y dyddie hyn.'

'Pam? Be sy'n bod arni? Ro'dd hi'n iawn gynne fach.'

'Yn y bore ma' hi waetha – yn hwdu a chyfogi dros bob man.'

'Wel, ma'n rhaid i chi weud wrth Dad-cu i ga'l y doctor ati. Falle taw chi sy'n ei gweithio'n rhy galed.'

'Paid ti â rhoi'r bai arna i, Jane – ma'r ddwy forwyn yn ca'l bywyd ladis 'ma.'

'Reit, os y'ch chi'n gweud. Ond 'ma 'da fi waith cartre i'w wneud erbyn dy' Llun. Dim rhagor o siarad, plis.'

Ond ni fedrai dewin na sant fyth roi taw ar Marged, a do'dd dim i'w wneud ond ei gadel hi a'i sane arch, a mynd i fy stafell wely i ga'l tipyn o lonydd a thawelwch.

Ro'dd 'da fi 'composition' Saesneg i'w sgrifennu i Miss Hunter – 'My best friend'. Rown i'n edrych mlaen at sgrifennu llathenni ar y pwnc, ac wedi penderfynu traethu ar Ledi. Hi o'dd y ffrind gore o'dd gyda fi oddi ar i mi ddod i Nant-y-wern i fyw. Petawn i'n dala i fyw yn Llety'r Wennol mi faswn yn sgrifennu am Anti Mary, neu Sara, neu falle Mari. Ond roedden nhw wedi dieithrio oddi wrtha i ar ôl i fi ddod yma i fyw. Serch 'ny, ma'n rhaid i fi gyfadde fod hiraeth sobor arna i ar 'u hôl nhw hefyd. Hiraeth am Anti Mary yn enwedig.

A dyma ddechre arni mewn difri.

MY BEST FRIEND
My best friend is neither a man nor a woman, neither a boy nor a girl, but a dog . . .

Ond cyn i fi gwpla'r frawddeg gynta dyma gnoc ar y drws. Magi!

'Ga i ddod mewn, Jane?'

'Rwy'n fisi iawn, Magi – wy wrthi'n gwneud fy ngwaith cartre.'

'Plis, Jane.'

'Pum munud 'te – dim rhagor.'

Ro'dd ôl llefen arni.

'Be sy'n bod, Magi? O's rhywun wedi dy ddrelo di?'

'Nago's, ond wy'n becso'n sobor, yn sobor iawn, Jane.'

'O'et ti'n iawn gynne fach.'

'Na, fydda i byth yn iawn eto. Dim byth.'

Ac fe ddatblygodd y snwffian tawel yn nade afreolus – a'i geirie'n cael eu llyncu yn ei gwddwg, cyn eu bod yn gwneud unrhyw fath o synnwyr.

'Magi, os na daweli di, fe fydd yr holl dŷ yn dy glywed di, ac fe fydd Dad-cu a Marged, y cŵn a'r cathe lan 'ma i weld be sy'n bod. Ma' Ledi wedi cyrraedd 'ma'n barod. Nawr, dweda wrtho i gan bwyll bach, beth yn gwmws sy wedi dy gynhyrfu di?'

'Alla i ddim, Jane, ma' shwt gas 'da fi.'

'Pam? Be wyt ti wedi'i neud?'

'Dim byd.'

'Dim byd? Beth yw'r holl ffws a'r halibalŵ 'ma 'te?'

'Wy'n becso, Jane, becso'n sobor.'

'Ie?'

'Wy ddim wedi dod i'n lle ers bron i ddeufis.'

'Twt, dyna i gyd? Wy fel'na'n amal iawn. Ond 'sa i'n mynd i sterics obeutu'r peth. Ma' hynna'n digwydd yn amal os nad yw dy iechyd di'n iawn.'

'Na, dwyt ti ddim yn deall, Jane.'

'Deall beth?'

'Sda ti ddim cariad, Jane.'

'Beth s'da hynny i wneud ag e?'

'Jane, paid â bod mor ddiniwed.'

Ac fe ganodd cloch yn fy isymwybod. Jac! Fe o'dd yn gyfrifol. Do'dd fy ngwybodaeth i ddim yn glir iawn obeutu rhyw a chenhedlu. Ma'n wir i fi ga'l profiade erchyll 'da Dyta a Mistir, ond wnes i ddim cysylltu'r siabwcho ges i 'da nhw â chenhedlu plentyn.

'Odi Jac yn gwbod?'

'Odi, ond oddi ar i fi weud wrtho fe, ma' fe wedi cadw draw. Ddaeth e ddim i nghwrdd i fel arfer nos Sadwrn na nos Sul diwetha.'

'Falle bod ynte'n becso.'

'Na, dyw e ddim eisie gwbod. Ma' fe'n gwadu'r cwbwl.'

'Falle dy fod tithe'n mynd o flaen gofid.'

'Na, Jane, wy'n cyfogi bob bore nawr. Ers wythnos. A dyna arwydd sicr. Wy'n cofio'n iawn shwt o'dd Mam cyn i'n chwaer fach i ga'l 'i geni.'

'Wyt ti wedi gweud wrth dy fam?'

'Na, ma' ofon arna i – fe laddith Dat fi. Ma' fe'n flaenor yn y capel.'

'Ma'n rhaid i ti weud wrth rywun, Magi.'

'Dyna pam wy'n gweud wrthot ti.'

'Fedra i wneud dim i dy helpu di, Magi fach. Ma' fe'n gymaint o gyfrifoldeb i Jac ag yw e i ti.'

'Fe glywes i fod Jac wedi gadel 'i waith, ac wedi'i hercyd hi bant i rwle. Jane, fedri di roi fenthyg arian i fi?'

'At beth?'

'Ma' 'na fenyw yn y dre sy'n gallu ca'l gwared ar fabis yn y groth. Ond ma' hi'n costu lot fowr o arian.'

'Faint?'

'Hanner can punt. Alli di roi fenthyg hanner can punt i fi, Jane?'

'Fi? Hanner can punt? Sda fi ddim arian o gwbwl, dim ond beth mae Dad-cu'n dewis 'i roi i fi.'

A dyma'r nadu a'r wylofain yn ailddechre 'to.

'A pheth arall, Magi, ma' pethe fel'na'n beryglus iawn. Fe allet ti farw.'

'Bydde'n well 'da fi farw na cha'l plentyn siawns.'

Wyddwn i ddim beth i'w wneud na'i ddweud, ond yn sydyn fe ges i syniad.

'Gwranda, Magi, fe alla i ddod 'da ti prynhawn fory i weld dy fam, ac fe ddweda i wrthi.'

'Na, Jane, yr un fydd y gwarth. Ma'n well 'da fi farw.'

'Ond Magi fach, ma' 'na waeth pechod na gorfod priodi.'

'Ond alla i ddim priodi – ma' Jac yn gwadu taw fe yw'r tad.'

'Magi, gwranda, a stopa sgrechen – meddylia dros fy nghynnig i, a gawn ni siarad fory 'to. Cer i'r gwely'n gynnar.'

Fel'ny ces i wared arni. Fe wna'th helbul Magi i mi i gofio am helynt Mamo. Gymaint y bu'n rhaid i honno ddiodde weddill ei hoes am ei bod wedi gorfod priodi. Rown i ond yn dechre deall maint y gosb a ddioddefodd hi – y gwarth a'r tlodi.

Druan â Magi. Byddai'n rhaid i mi wneud fy ngore i'w helpu. Ond shwt? O'dd 'da fi ddim llyfeleth. Ma'n digon hawdd siarad yn ddoeth ond, yn y pen draw, gweithredoedd sy'n cyfri. Fe ddysges i hynny'n ifanc iawn.

Fe allwn i werthu un o dlysau Mamo i roi'r hanner can punt iddi. Ond ro'dd 'da fi deimlad ym mêr fy esgyrn bod hynny'n hollol rong. Bydde'n rhaid i Magi ga'l triniaeth 'da rhyw fenyw o'dd ddim yn feddyg.

A beth petai hi'n marw? Arna i fydde'r bai wedyn.

'Gorfod priodi' o'dd dedfryd Mamo, ac rwy'n siŵr fod Dyta'n barod iawn i wneud hynny, wa'th o'dd Mamo'n dod o deulu cyfoethog. Ac yn ôl Anti Mary fe gafodd swm o arian gan Dad-cu pan briododd hi, ond pharodd y rheiny ddim yn hir ar ôl i Dyta ga'l 'i fache arnyn nhw.

Ond all Magi ddim priodi. Ma' Jac wedi'i gwân hi – dyw e ddim esie gwbod. Ma' fe wedi'i sgrialu 'ddi bant i rwle. Duw yn unig a ŵyr i ble. Druan â Magi!

Dynion! Creaduriaid i gadw bant oddi wrthyn nhw – dyna y'n nhw. Pob un wan Jac ohonyn nhw.

14

Fedrwn i byth fynd mlaen â fy ngwaith cartre ar ôl gwrando ar helbulon Magi. A fel'ny, gwely, gan geisio anghofio am ei gofidie. Ro'dd digon o ofidie 'da fi'n hunan heb dreio ymgodymu â'i thrallod hi. Ac eto, pe bawn i yn ei sgidie hi, byddai'n stori wahanol iawn. Fel dywedodd Mamo wrtha i fwy nag unwaith – 'os colli di dy gymeriad, fe golli di'r cwbwl a berthyn i ti'.

Wyddwn i ddim yn iawn beth o'dd hi'n feddwl ar y pryd, ond wy'n deall yn go lew erbyn hyn. Fe gollodd hi ei chymeriad am byth. Ac fe giliodd mewn cywilydd o olwg y byd. Do, hyd angau.

Treio cysgu, ond bob tro y syrthiwn i gysgu, byddwn yn breuddwydio am fabis ac yn dihuno yn chwys drabŵd.

Breuddwydies am Mamo'n geni David bach – y boen a'r sgrechfeydd.

Dihuno wedi blino.

Codi ling-di-long i fwyta tamed o frecwast – dim chwant bwyd.

Marged yn cyrraedd yn ffwdan i gyd â llythyr yn ei llaw.

'I ti, Jane.'

'I fi?'

'Ie, wrth gwrs, agor e.'

Y llythyr cynta i mi erioed 'i gael. Rown i wedi cael cardie o'r blaen, adeg pen-blwydd a Nadolig.

Ond llythyr i fi, a f'enw a 'nghyfeiriad yn hollol glir
arno.

Miss Jane Lloyd Williams
Nant-y-wern
Llanwern
Sir Aberteifi

Ei anwylo, a gweld fod stamp Abertawe arno.

Anti Mary! Haleliwia!

Dim ond nodyn byr yn dweud y byddai'n dod
adre i weld ei thad y penwythnos ganlynol, ac i mi
fynd draw i'w gweld os byddai hynny'n bosib.

Ro'dd wedi'i sgrifennu ar y dydd Mercher, ac
felly heddi o'dd y penwythnos nesa.

Anghofiais bob gofid. Cyrchu fy meic. Gweiddi
ar Marged. Gwisgo fy nghot newy' (hen got Mamo
wedi'i thwco a'i stilo). A bant â fi fel cath i gythrel
tua Phengwern.

Pasio'r siop mor gyflym ag y gallwn rhag ofn
bod llyged ymhob ffenest.

Ro'dd 'da fi gymaint i weud wrth Anti Mary.

Gweld fod moto-car newy' sbon ar y clos. Moto
Anti Mary!

Rhuthro i'r tŷ trwy'r cefen heb gnoco na gweiddi
'O's ma' bobol'.

A dyna lle ro'dd Anti Mary yn eistedd yn gopa-
dil ar ben y ford yn y gegin yn yfed te 'da Mr Puw.
Do'dd dim sôn am yr howsciper, diolch byth. Anti
Mary yn codi i gwrdd â fi – finne'n rhuthro i'w
breiche agored. Dim ond 'da Anti Mary y medrwn i

gael cwtsh go iawn; fedrwn i byth â rhuthro i freichie neb arall – byddwn yn teimlo'n rhy swil a thrwsgwl.

'Dere at y ford, Jini. Dere at y ford.'

Yfed dished, a bwyta bara menyn jam a chaws yn awchus. Rown i eisie bwyd ar ôl seiclo rhyw saith milltir, a hynny heb frecwast.

'Jini, rwyt ti wedi prifio – o'r braidd y baswn i'n dy nabod di. Ac rwyt ti'n edrych mor smart yn y got 'na. Cot newy'?'

'Nage, cot ar ôl Mamo.'

Fe agorodd hynny hen glwyfe, a ddwedodd neb 'run gair pellach obeutu'r got.

'Bwyta dy wala, Jini.'

Anghofiodd fy ngalw'n 'Jane', ond rywsut o'dd dim ots 'da fi fod Anti Mary wedi anghofio.

'Dere i'r neuadd, Jini fach, i ni ga'l llonydd i siarad, a cha'l tipyn o'th hanes. Shwt wyt ti'n setlo yn Nant-y-wern?'

'Iawn, pawb yn ddigon caredig, ond wir, wy'n teimlo fel pysgodyn mas o'r dŵr.'

'Shwt 'ny, Jane fach?'

'Ma' shwt gymaint o wahaniaeth rhwng Nant-y-wern a Llety'r Wennol, ac ma' rhai'n ddigon dwl â chredu 'mod i'n un o'r "crachach" nawr. Wy ddim eisie bod yn un ohonyn nhw, Anti Mary.'

'Paid â siarad dwli. Pwy sy'n gweud 'ny?'

'Joni, o'dd yn arfer bod yn yr ysgol fach 'da fi, a wy'n credu fod Mari Glan-dŵr yn credu 'ny hefyd, ond ddwedodd hi mo hynny mewn geirie.'

'Twt, twt, Jini, rwyt ti'n dychmygu pethe.'

'Nadw, Anti Mary, wy'n becso.'

'A shwt wyt ti'n dod mlaen yn y Cownti Scŵl?'

'Iawn, ond 'mod i heb ddysgu fowr o ddim 'na 'to.'

'Ma' hi'n gynnar 'to, Jane – rhaid i ti roi amser iddyn nhw. Wyt ti wedi gwneud ffrindie?'

'Dim ond 'da Olwen – hi sy'n rhannu desg â fi.'

'A beth am dy lojins di?'

'Iawn – ma' digon o ofn Dad-cu ar Miss Jones, a pharch hefyd. Ma' fe'n hael iawn â'i fwyd a'i arian. Ond mae'r lojer arall, Miss Owen sy'n gweithio mewn siop yn y dre, yn dipyn o hen gonen.'

'Twt, paid â becso amdani hi. Ma' popeth yn gweithio mas yn iawn 'te – wyt ti eitha bodlon ar dy fyd?'

'Na, ma' 'na un peth sy'n fy mhoeni'n sobor. Ma' Dyta wedi dod 'nôl o Sir Benfro. Ma' fe'n lojo 'da menyw'r siop yn y pentre, a ma' fe'n benderfynol o ga'l gafael yno' i.'

'Wyt ti'n siŵr?'

'Odw, yn berffaith siŵr. A ma' fe'n loetran obeutu'r lle ddydd a nos yn treio dod o hyd i fi.'

'Wyt ti'n hollol siŵr, 'nghariad i?'

'Odw, mor siŵr â bod Duw yn y nefoedd.' Ac fe ddaeth fy ngofidie i gyd i'r wyneb heb 'u disgwyl, ac fe dorres i mas i lefen. Llefen afreolus, llefen o'r gwaelodion, llefen na fedrwn ei ffrwyno. A thrwy'r cyfan ddwedodd Anti Mary 'run gair, dim ond fy nala'n dynn yn ei breichiau, a gollwng ambell i ddeigryn slei ei hunan.

Pan ddes i ata i fy hun, mi ddwedes wrthi yr

hanes am Ledi, yn gwmws fel y digwyddodd e, heb gelu dim. Beio fy hunan am hysan Ledi, a honno'n rhwygo trowser Dyta o'r top i'r gwaelod, a'r gic roddodd Dyta i Ledi, nes ei bod yn hollol ddiymadferth. Fel oeddwn i lawer mwy consyrnol am gyflwr Ledi nag own i am ei drowser e. Fe helpodd fi i gario Ledi i'r tŷ, chware teg iddo. Wedyn ras wyllt i gael y fet ati hi.

'Pam wyt ti'n poeni, Jane? Fe wnaeth e dro caredig â ti. '

'Mi ddwedes i gelwydd, Anti Mary – wrth y fet ac wrth Dad-cu.'

'Be wyt ti'n feddwl?'

'Mi ddwedes i taw gweld Ledi'n gorwedd ar ochor y ffordd wnes i, a taw rhyw ddyn caredig a o'dd yn digwydd paso ar y pryd helpodd fi i gario Ledi i'r tŷ.'

'Odi Ledi wedi gwella'n iawn nawr?'

'Bron â bod.'

'Pam wyt ti'n poeni 'te?'

'Petawn i wedi dweud y gwir, mi fydde Dad-cu wedi hala i mofyn y polîs, ac mi fydde Dyta yn y jâl – reit i wala i chi.'

'Wy ddim yn dy ddeall di, Jane – wyt ti'n mynd o flaen gofid. Paid â becso am Ifan, fe edrychith e ar ôl 'i hunan, mae e wedi gwneud hynny erio'd.'

'Falle 'i fod e, ond mae e'n dad i fi wedi'r cwbwl.'

'Ie, falle taw ti o'dd yn iawn – mae gwaed yn dewach na dŵr, medden nhw.'

Do'dd 'da Anti Mary ddim ateb i'r broblem, mwy na finne.

'Dere, Jane, dere lawr am wac hyd lan yr afon – fe gawn lonydd fan'ny. Wy'n clywed y mop a'r dwster yn nesu, ac ma' clustie hir 'da moch bach!'

'Iawn, Anti Mary.'

'Gwisg dy got, Jane, mae'n oeri. Dyna beth yw cot smart. Wyt ti wedi gweld y marc sy tu mewn i'r coler?'

'Naddo, wnes i ddim sylwi.'

'Harrods – y siop fwya costus a ffasiynol yn Llundain, os nad yn y byd. Ro'dd dy fam yn hoffi tipyn o steil.'

'Druan fach â hi.' Fedrwn i ddim meddwl am ddim byd arall i'w ddweud.

'Paid â gofidio gormod obeutu dy dad, Jane. Feder e ddim aros yn hir iawn o gwmpas y lle – chaiff e ddim gwaith ffor' na, ma' pawb yn 'i nabod e'n rhy dda.'

'Wy'n credu 'i fod e'n byw ar hyn o bryd 'da Mrs Pegler – ma' hi'n ei alw fe'n "gentleman farmer".'

Chwarddodd Anti Mary, a chwalwyd y tyndra. Aeth y ddwy ohonon ni mas i'r ardd i ddianc rhag clustie hir yr howsciper.

'Ma' 'da ti freichled smart iawn. Ble cest ti honna? Anrheg oddi wrth dy dad-cu?'

'Nage, Anti Mary – anrheg oddi wrth John i Mamo.'

'Ble cest ti afael ynddi?'

'Ro'dd hi dan glo yn y drâr bach yn y ford binco, a neb yn gallu dod o hyd i'r allwedd. Ond wrth dreio'r got 'ma, y got wy'n wisgo heddi, ro'dd 'na allwedd yn un o'r pocedi. Allwedd y drâr bach. Ac yno yn y drâr hwnnw ro'dd 'na lythyrau – ac un llythyr arbennig wedi'i lapo rownd y freichled hon. Dyna'r llythyr ola a'r anrheg ola a dderbyniodd hi oddi wrtho. Llythyr yn llawn siom a sen. Rai wythnose wedyn ro'dd hi'n priodi Dyta.'

'Jane annwyl, rwyt ti wedi gorfod cario baich pechode dy rieni, heb fod 'da ti neb i'w rhannu â thi.'

'Ond rydych chi 'da fi heddi, diolch byth.'

'Odw, cariad – wy'n cofio'r amser fel ddoe, y misoedd mwyaf echrydus y bues i drwyddyn nhw erioed.'

'Oeddech chi'n gweld bai arni, Anti Mary?'

'Oeddwn, wrth gwrs – methu deall y gwendid ddaeth drosti. Ond fedrwn i byth droi fy nghefen arni – rown i'n ffrind iddi. Ro'dd hithe mewn cyflwr truenus, yn bygwth cael gwared â'r plentyn. Ond tua'r un adeg bu farw merch ifanc o'r pentre cyfagos, ar ôl cael triniaeth 'da rhyw fenyw â chanddi ddim profiad meddygol o unrhyw fath.'

Cofiais inne am Magi. Aeth Anti Mary mlaen â'i stori drist.

'Perswadiais hi i ailfeddwl, ac fe giliodd i'r gwely i fecso a difaru. Ro'dd hi mewn cyflwr mor ofnadwy nes i'w thad alw'r doctor i'w gweld. A Doctor Powel dorrodd y newydd i'w thad, a dweud y gwirionedd a'r rheswm am ei salwch. A phan ddeallodd hwnnw taw Ifan John o'dd tad ei phlentyn, aeth yn lloerig wyllt – ei diarddel a'i throi hi mas o'i chartre'n ddiseremoni yn y fan a'r lle. Cyrhaeddodd hi Bengwern yn hwyr ar noson arw ar gefen ei cheffyl, heb bilyn i'w newid na dime yn ei phoced.'

'Be ddwedodd Mr Puw?'

'Dim. Yn dawel bach, rwy'n credu ei fod yn ddiolchgar taw Myfi ac nid fi o'dd mewn trwbwl.'

'A be am Dyta?'

'Fe wedodd y Doctor wrth hwnnw hefyd. Ro'dd Ifan wrth ei fodd. Dyrchafiad i'r werin, myn uffern i, o fod yn was ffarm i fod yn fab-yng-nghyfraith i'r bòs.'

'O'dd Dyta'n barod i briodi 'te?'

'O'dd, yn fwy na pharod, a chafwyd priodas dawel iawn yn y swyddfa yn y dre. Dim ond y pâr priodasol, fi, ac Enoc, brawd Ifan.'

'Rown i yno hefyd, Anti Mary. Fi o'dd achos yr holl helynt.'

'Nid arnat ti o'dd y bai, Jane – cofia di hynny, a phaid byth â dweud hynna 'to.'

'Be ddigwyddodd wedyn, Anti Mary?'

'Aeth Myfi a fi 'nôl i Bengwern yn y trap a'r poni, ac Ifan a'i frawd 'nôl i Sir Benfro. Ro'dd e wedi cael y sac o Nant-y-wern, a hynny y funud y clywodd Mr Lloyd-Williams am y drychineb.'

'Pryd aethon nhw i Lety'r Wennol i fyw?'

'Yn glou iawn wedyn. Fe wnaeth dy dad-cu ychydig o gymoni a pheintio yno – doedd neb wedi byw yno ers blynydde. Symud popeth oedd yn perthyn i Myfi, gan gynnwys y dodrefn hardd o'dd 'da hi yn ei stafell wely. Cafodd swm o arian hefyd, ond fuodd dy dad ddim yn hir cyn mynd trwy'r rheini.'

'Druan fach.'

'Ie, erbyn hynny ro'dd hi mor wan, ac yn hidio dim beth a ddigwyddai iddi. Mynd i'r gwely bob nos gan obeithio y byddai hi farw cyn y bore.'

'Fe fuoch chi'n gefen mawr iddi, Anti Mary.'

'Fe wnes i beth allwn i, ond fedrai neb helpu dy fam. Ro'dd hi wedi mynd i mewn i rhyw gragen gyfyng fel cocsen, a fedrai neb ei chysuro na'i helpu. Mewn rhyw ffordd ryfedd fe dreiodd dy dad ei chysuro, ond mynnai aros yn ei chragen. Fe symudon nhw i Lety'r Wennol rhyw fis ar ôl iddyn nhw briodi, ac mi gadwes i'n glir am rai wythnose, i roi cyfle iddyn nhw ddod i nabod ei gilydd. Ond fe gwrddes i â Dr Powel ar y ffordd un diwrnod. Hap a damwain o'dd hynny. "Da ti, Mary, cer i weld Myfi yn go glou, a gwna dy ore i saco tipyn o sens i'w phen hi, neu fydd hi ddim byw i eni'r babi", wedodd e. Mi es draw y nosweth 'ny, a dyna lle roedd hi yn y gwely a'i hwyneb sha'r wal, yn pallu siarad, a phallu byta dim.'

'Fel'na o'dd hi cyn i David bach ga'l 'i eni.'

'Fe gest ti dy eni cyn pryd; cafodd dy dad ofn ofnadw pan a'th dy fam yn sâl – ofn y gweiddi a'r sgrechfeydd. Rhedeg yn wyllt i nôl Mari o Lan-dŵr. Rhedeg wedyn dros y bryn i fy nôl i. Minne'n gyrru'r gwas ar ras i gyrchu Dr Powel. A dyna lle buon ni drwy'r nos, dy dad a minne, yn cadw'r tân i fynd, er mwyn cael digon o ddŵr twym. A'r Doctor a Mari yn y pen-ucha yn gwneud eu gore yn ceisio achub dy fam a thithe rhag colli gafael ar fywyd. Ro'dd Ifan wedi colli'i ben yn lân – ofni'r gwaethaf. Ac fe weles i'r noson honno fod 'na rywfaint o ddynoliaeth yn y dyn, er gwaetha'i ffyrdd pechadurus.'

'Beth amdanoch chi, Anti Mary?'

'Cadw'r tân i fynd, a gweddïo.'

'Gweddïo, Anti Mary? Ble dysgoch chi weddïo?'

'Mewn argyfwng Jane, ma' gweddi'n codi o rywle heb ei chymell, ac mi weddïes i y noson honno, fel na weddïes na chynt na chwedyn.'

'Ac fe gas y weddi 'i hateb?'

'Sa i'n gwbod, 'nghariad i, ond ar ôl noson faith a diwrnod cyfan, fe gest ti dy eni, ac fe dawodd y sgrechiade.'

'Base'n well 'da Mamo petawn i wedi marw ar fy ngenedigaeth.'

'Jini, paid â rhyfygu – ro'dd dy fam yn meddwl y byd ohonot ti.'

'Dim yn ystod y blynyddoedd cynta. Ches i erioed gwtsh iawn 'da hi, na chanmoliaeth am ddim byd. Dim tegan chwaith. Rwy'n deall pam erbyn hyn – fi o'dd plentyn ei phechod hi. Newidiodd pethe pan wnaeth Dyta fy siabwcho i.'

'Jane fach, rwyt ti wedi diodde mwy na dy siâr – fydd pethe'n gwella o hyn mlaen.'

'Dim tra bod Dyta'n fy nilyn fel toili, ac yn aros ei gyfle i 'nala i.'

'Bydd yn rhaid i ti weud wrth dy dad-cu os digwydd unrhyw beth amheus eto.'

'Ie, Anti Mary, a dechre rhyfel arall – rhyfel gartrefol.'

A dyma ni'n dwy'n torri mas i chwerthin yn afreolus – chwerthin am ddim byd. Chwerthin a wnaeth les mawr i ni'n dwy.

'Jane, rhaid i ni fynd 'nôl i'r tŷ, neu mi fydd 'nhad yn hala rhywun i whilo amdanon ni.'

'Diolch, Anti Mary, am siarad â fi mor onest am y gorffennol. Rwy'n nabod fy hunan dipyn bach yn well ar ôl clywed yr hanes a nabod Mamo'n well hefyd.'

'Nôl i'r tŷ. Yr howsciper yn ein cwrdd yn gwpsog wrth y drws.

'Ble y'ch chi wedi bod? Ma'r bwyd wedi difetha.'

'Peidiwch â phoeni, Miss Walters, mi wna i damed i Jane a fi.'

'Ie, a gwneud rhagor o annibendod yn fy nghegin i.'

'Eich cegin chi, Miss Walters?'

'Ie, fy nghegin i, tra bydda i'n gweithio 'ma. Fe fyddwch chi'n troi'ch cefen arnon ni bore fory, a fi fydd yn gyfrifol am gymoni ar eich ôl chi.'

Atebodd Anti Mary m'oni, dim ond dweud yn ddistaw bach wrtho i, 'Taw pia hi'.

Aeth Anti Mary ati i ffrio bacwn ac wy i ni'n dwy, a chawsom awr arall o fwyta a chloncan 'da'n gilydd, cyn i mi 'i throi hi sha thre.

'Rwy'n falch, Jane, o dy weld di'n edrych mor dda, ac mor llewyrchus dy wedd. Rwyt ti'n byw mewn byd o foethusrwydd nawr. Rwyt ti'n rhoces lwcus.'

'Ma' mwy i fywyd na moethusrwydd, Anti Mary.'

'Wrth gwrs, cariad, ond cred ti fi, mae e'n dipyn o help.'

'Do's neb yn gwbod hynny'n well na fi, Anti Mary.'

15

Teimlo'n hapusach o lawer, ar ôl arllwys fy nghŵd i gyd ym Mhengwern, a chael y teimlad o'r newydd fod 'da fi rywun y gallwn ei charu ac ymddiried ynddi. Na, dyw gwaed ddim bob amser yn dewach na dŵr!

Pedlo fel y gŵr drwg drwy'r pentre, heibio'r siop, cyrraedd y dreif, canu cloch y beic, a chanu 'God Save the King' nerth fy mhen i gadw cwmni i mi fy hun. Wy'n dal fod yn siŵr i mi weld cysgod dyn y tu arall i'r clawdd. Dychmygu? Falle, ond rown i'n sobor o falch o gyrraedd Nant-y-wern.

Rown i'n gobeithio na welai neb fi ac y cawn i fynd i'm hystafell yn ddistaw bach, a chario mlaen â'm gwaith cyn mynd i'r gwely. Ond wir, ro'dd Dad-cu yno, yn llanw'r cyntedd â'i bresenoldeb, ac yn disgwyl amdanaf.

'Jane, dere mewn i'r parlwr bach – wy eisie gair 'da ti.'

Pan fydde Dad-cu 'eisie gair', ro'dd yn rhaid ufuddhau.

'Jane, mae'n ddydd Sul fory.'

Gwyddwn beth i'w ddisgwyl.

'Jane, mae'n bryd i ti ddechre mynychu'r eglwys ar ddydd Sul.'

Siaradai yn ei lais parchus Sabothol, gan ganmol 'i wisgeren 'run pryd.

'Sneb yn gweithio yn Nant-y-wern ar ddydd Sul – dim ond gwneud be sy'n rhaid 'i wneud. A do's neb yn jolihoitan obeutu'r lle yn ddigywilydd chwaith, a heb unrhyw bwrpas.'

Cic i fi o'dd hwnna, achos bod Ledi a fi'n mynd lan i'r Cae Top i gasglu blode a gwrando ar yr adar yn canu, pan fyddai'r lleill yn yr eglwys.

'Jane,' gan ddefnyddio'r un llais awdurdodol, 'wy am i ti ddod i'r eglwys 'da Marged a fi bore fory.'

'Ond ma' 'da fi lot o waith cartre, Dad-cu, a dim ond fory 'sda fi i'w wneud e.'

'Dy' Sadwrn yw'r diwrnod i wneud dy waith cartre, Jane, ac nid dy' Sul. Cofia di hynna.'

'Ond fues i'n gweld Anti Mary heddi, Dad-cu.'

'Do, ddwedodd Marged wrtho i. Fe ddylet ddod adre ynghynt i wneud dy waith ysgol.'

Distawrwydd.

Dad-cu'n credu fod y siarad ar ben, a 'mod i'n barod i ufuddhau i'w drefen. Ond doeddwn i ddim wedi dweud beth o'dd 'da fi i weud eto.

'Dad-cu, ma'n rhaid i fi wneud fy ngwaith cartre, neu fe fydde jyst cystal i fi beidio â mynd i'r Cownti Scŵl o gwbwl.'

A chyn 'i fod e'n cael ailafael yn ei awdurdod, dyma fi'n tynnu anadl ddofn a mynd mlaen â'm haraith.

'A pheth arall, Dad-cu, dyw'r ffeirad ddim yn siŵr o'i ffeithiau ynglŷn â'r nefoedd a'r atgyfodiad, heb sôn am uffern.'

'Jane!' mynte fe mewn llais dwfwn, crac. 'Jane, paid â rhyfygu. Pwy wyt ti, slipren o groten benchwiban, i feirniadu gŵr duwiol fel y ffeirad? Rhag dy gywilydd di!'

Ond rois i ddim lan, a dyma fi'n bwrw iddi wedyn.

'Fe glywes i fe yn angladd Mamo, a fedrwn i ddim gwneud na thin na phen o'i bregeth – ro'dd e'n dweud un peth un funud, a pheth arall y funud nesa.'

'Jane!' Ro'dd hi'n amlwg fod Dad-cu dan deimlad dwfn. 'Ma'r ffeirad yn ddyn da a duwiol, yn hyddysg yn ei Feibil, a chywilydd arnat ti am ei feirniadu, nage, ei gamfeirniadu. Fe fyddi di'n gwadu'r Bod o Dduw nesa.'

Ro'dd Dad-cu mewn tipyn o natur ddrwg erbyn hyn, ond dim ots, rown inne wedi penderfynu nad awn i i'r eglwys drannoeth chwaith.

'Ma'n ddrwg 'da fi, Dad-cu, ond alla i ddim dod 'da chi fory. Rywbryd 'to, falle. Wy'n mynd i'r gwely. Nos da.'

Es i'r gwely yn ddigon isel fy ysbryd. Ro'n i wedi mynnu ca'l fy ffordd, ond teimlwn yr un pryd fy mod wedi bihafio'n ddifaners ac anniolchgar. Ble byddwn i heddi oni bai am Dad-cu?

Daeth Marged o rywle. 'Be am swper, Jane?'

'Wedi ca'l bwyd ym Mhengwern, diolch, Marged. Nos da.' A chau'r drws yn glats ar y byd a'i grefydd.

Cofio am Magi. Gweiddi ar Marged. 'Odi Magi wedi dod adre?'

'Na, mae'n aros gartre dros y Sul. Fe fydd hi 'nôl ben bore Llun.'

'Odi hi'n sâl?'

'Ma' hi'n dal i hwdu bob bore. Rwy'n dechre ame beth yw achos y salwch 'ma.'

Wyddwn i ddim beth i'w ddweud, ond dyma Marged yn bwrw iddi.

'Wyt ti ormod o ffrindie 'da Magi – dyw hi ddim yn talu'r ffordd i fod yn rhy glòs at y gwasanaethyddion, neu mi fyddan yn siŵr o achub mantais arnat ti.'

'Wy ddim mewn sefyllfa i roi mantais i neb, Marged. Nos da.'

A chaeais y drws am yr ail dro, gan obeithio na welwn i neb tan y bore.

I'r gwely'n syth, ond chysges i ddim am hydoedd. Meddwl am stori Anti Mary, a phendroni drosti. Gofidio 'mod i wedi bod mor gilsip tuag at Dad-cu. Ro'dd hi'n amlwg 'mod i wedi'i ofidio. Gwyddwn y dylwn ymddiheuro, ond mi fydde hynny'n dangos gwendid, a gorfod rhoi mewn iddo a mynd i'r eglwys.

Falle 'r awn i gydag e rhyw ddiwrnod – tua adeg y Nadolig – ond nid cyn 'mod i'n barod i fynd. Roedd y profiad ges i yn angladd Mamo'n dala'n rhy fyw yn fy meddwl ar hyn o bryd, ac yn achosi penbleth a chymysgwch yn f'ysbryd. Rhaid fyddai i mi gael amser i dreio gwneud rhyw fath o synnwyr o'r bregeth honno'n gynta.

Codi'n hwyr – o bwrpas. Rhaid o'dd gwneud yn siŵr fod Dad-cu a Marged wedi 'madel am yr eglwys, a phan glywes i sŵn carne'r poni'n diflannu lan y dreif, mi godes inne.

Rhyddhau Ledi o'i chwtsh o'dd fy nyletswydd gynta. Ro'dd hi'n ca'l ei chloi lan rhag iddi dreulio'i hamser 'da fi.

'Gast ddefed yw Ledi, ac os caiff hi 'i maldodi yn y tŷ, mi fydd hi'n colli'i harchwaeth at fugeilio.' Dyna glywes i Dad-cu yn 'i ddwued wrth Marged un nosweth, ac o'dd yn rhaid i minne blygu i'r drefen.

Ro'dd gwynt coginio hyfryd yn dod o'r gegin fowr – lwmpyn o gig eidon yn pobi'n ara' yn y ffwrn, a'r pwdin reis hefyd. Y tato a'r llysiau'n barod, wedi'u paratoi 'da'r forwyn cyn 'madel nos Sadwrn. Do'dd dim gwaith yn ca'l ei wneud ar y Sul, dim ond yr hyn o'dd raid wrtho – rheidrwydd o'dd y coginio, ond byddai'r llestri brwnt yn aros heb ei golchi hyd nes y deuai'r forwyn 'nôl.

Doeddwn i ddim yn edrych mlaen at y ginio, achos byddai Dad-cu siŵr o godi'r busnes mynd i'r eglwys eto. Ond chware teg iddo, ddwedodd e 'run gair, a bwytawyd y ginio mewn distawrwydd sanctaidd. Ond fedrai Marged byth â chadw'n dawel am fwy na rhyw ddeng munud ar y tro.

'Fe gawson ni bregeth hyfryd 'da'r ffeirad heddi, a Sul nesa, Jane, ma'r Esgob yn dod i gonffyrmo rhai o'r bobl ifanc. Rhaid i ti ddod, Jane.'

'Beth yw "conffyrmo", Marged?'

'Jane, rwyt ti'n anwybodus iawn – 'u gwneud nhw'n aelodau llawn o'r eglwys, a hawl i gymuno.'

Wyddwn i ddim beth o'dd 'cymuno' chwaith. Ond doeddwn i ddim eisie holi, rhag ofn y bydden nhw'n credu bod 'da fi ddiddordeb yn 'u crefydd nhw. Agorodd Dad-cu mo'i geg.

'Fe olcha i'r llestri, Marged.'

'Paid â siarad dwli – bydd Lisi 'nôl erbyn swper, a gwaith y morynion yw golchi'r llestri.'

Bant â fi i'r llofft i bennu'r 'composition'. Ro'dd Ledi wedi dysgu sut i osgoi Marged, a dyna lle ro'dd hi'n disgwyl amdana i wrth ddrws fy stafell.

Ond cyn pen dim, ro'dd 'na gnoc ar y drws. Rwy'n credu'n siŵr fod Ledi'n 'nabod y gnoc, achos mi a'th fel bollt i gwato dan y gwely.

'Dewch mewn.'

Marged o'dd 'na.

'Jane, ma' 'da fi rwbeth i weud wrthot ti – rhywbeth pwysig. Ro'dd dy dad yn yr eglwys y bore 'ma.'

'Beth? Dyta?'

'Ie, wy'n ddigon siŵr.'

'Welodd Dad-cu fe?'

'Naddo – neu fe fydde 'na halibalŵ, a fentres i ddim sôn am y peth o gwbwl. Ond Ifan o'dd e, reit i wala.'

''Y'ch chi'n siŵr, Marged?'

'Odw, ro'dd e mor glir â hoel ar bost. Ro'dd e'n eistedd yn y sêt gefen, ac fe a'th mas cyn pawb arall. Wy'n credu iddo fynd i'r fynwent i osgoi pobol, achos weles i ddim cip ohono wedyn.'

'Fe fuoch yn ddigon call i beidio â sôn wrth Dad-cu, diolch byth.'

'Eisie dy weld di o'dd e, siŵr o fod, Jane, a chael siom nad oeddet ti ddim yn yr eglwys.'

'Wy byth eisie 'i weld e 'to, Marged. Dim byth.'

'Ma' fe'n dad i ti, wedi'r cwbwl, Jane.'

'Dim byth, wedes i, Marged. Cofiwch chi hynna.'

'Ti sy'n gwbod ore, Jane.'

'Ie, fi sy'n gwbod ore, ac os digwydd i chi 'i weld e rywbryd eto, dwedwch hynna wrtho. Ma' 'da fi lot o waith i'w orffen. Esgusodwch fi.'

'Rwyt ti'n galed, Jane.'

'Falle 'mod i – ond ma'r cofio'n fy ngwneud i'n galed.'

A bant â Marged, mor fflat â phancwsen. Ro'dd y newyddion wedi rhoi sgydwad iddi; ro'dd hi wedi ca'l cryn sioc o weld Ifan yn yr eglwys o bobman. Ches i ddim syndod, ond fe ges i'r teimlad ei fod yn barod i fentro hyd at wynebu Dad-cu, ei elyn penna, i gael gafael yno' i. Pam? Pam, yn enw popeth?

Ro'n i'n gwneud fy ngore i ganolbwyntio ar y 'composition' bondigrybwyll, ond ro'dd newyddion Marged wedi fy nhaflu oddi ar fy echel. Allwn i byth â diengyd oddi wrth fy nheulu a gwarth fy mhlentyndod.

Bennais y 'composition' o'r diwedd, a bant â fi i'r gwely i dreio cysgu, ond breuddwydio wnes i, nid cysgu'n braf – breuddwydio am lofruddion, lladron, babis a chŵn teircoes.

* * *

Codi'n gynnar drannoeth, a chofio nad o'dd raid i mi ddala'r bws. Ro'dd Dad-cu'n mynd ar fusnes pwysig i'r dre, a byddai'n rhaid inni gychwyn am saith er mwyn cyrraedd mewn pryd.

Dad-cu'n gyrru'r trap-a'r-poni fel arfer, a hynny ar ganol y ffordd. Bu tipyn o helbul a bu bron i ni ga'l damwain pan geisiodd y bws ein pasio. Dad-cu'n bytheirio a gweiddi bod ceffylau'n bwysicach nag injins drewllyd, a gyrrwr y bws yn gweiddi 'nôl arno, gan ei alw'n bob enw, a'r rheini'n eirie digon anweddus hefyd. Dim ond 'da Dyta y clywes eu tebyg.

Cyrraedd yr ysgol yn hwyr, diolch i Dad-cu a'i reolau personol o shwt i yrru car-a-phoni ar yr hewl dyrpeg, ond fe wyddwn yn gwmws ble i fynd, diolch byth. Fe ges i gosb gan yr athro am fod yn hwyr, serch 'ny.

'Write a hundred lines by tomorrow, in your best handwriting – School starts at nine a.m. and I must always be punctual.'

Af i ddim i'r ysgol eto yn y trap-a-poni 'da Dad-cu. Ma' hynny'n bendant.

Jones Welsh o'dd yr athro, ac ro'dd e wedi marco'n gwaith cartre ni. 'Fy Hunan' neu 'Myfi fy hun' o'dd y testun, a dyma fe'n mynd trwy'r marce, gan ddechre yn y gwaelod. Sgrifennes i fawr o ddim – rown i'n teimlo nad o'dd fy hanes i yn ddim o'i fusnes e.

Ro'dd rhyw dri heb sgrifennu dim – 'run gair – chware teg iddyn nhw. Dim mas o ddeg o'dd 'u dedfryd nhw, ond fe grafes i rhyw bump er mawr syndod i mi; Olwen saith, ond fe gafodd Joni farce llawn 'da chanmoliaeth uchel – mor uchel fel i'w waith gael ei ddarllen i'r dosbarth fel siampl i'w dilyn. A dyma Jones Welsh yn clirio'i wddwg, a darllen 'composition' Joni fel petai'n araith o'r pwysigrwydd penna.

'Does 'da fi ddim tad 'run peth â phob plentyn arall, dim ond ewythrod, un ar ôl y llall. Fy hoff ewythr o'dd dyn o'r enw Ifan John, ond ar ôl peth amser fe aeth 'nôl i fyw at ei wraig a'i ferch.'

Bues i bron â phango – ro'dd arna i ofn iddo f'enwi i, a dweud taw fi o'dd merch Ifan John, a dweud ymhellach 'mod i'n un o'r crachach erbyn hyn. Y twpsyn gwirion – beth yn y byd ddaeth drosto fe i racanu am stori bersonol ei deulu, yn gwmws fel petai ganddo hanes i ymfalchïo ynddo!

Aeth 'composition' Joni ymlaen ac ymlaen i ddisgrifio'i dlodi, a beth oedden nhw'n fwyta (neu ddim yn fwyta) i frecwast, cinio a swper. A diwedd ei stori o'dd y byddai'n mynd i fyw i Rwsia pan fyddai'n ddeunaw oed.

'Why Russia, Johnnie?' gofynnodd Jones Welsh.

'Because I am a communist, Sir.'

'There are a good many Bolshies in South Wales. Why don't you join them?'

'They don't have a chance, Sir, under this Tory Government – not after Ramsay Macdonald was given the sack.'

'Well, well, we have a budding politician in this class. I hope you will not be disappointed in Russia when you arrive there.'

'I know I won't, Sir.'

A dweud y gwir, rwy'n siomedig iawn yn Joni.

Ma' rhywun yn dylanwadu arno. Fe leicen i wbod pwy.

'Nôl Dad-cu, y Bolshis sy'n gyfrifol am gyflwr gwael ein gwlad ar hyn o bryd. Y Bolshis o'dd yn gyfrifol am y streics yn y pylle glo. Y Bolshis o'dd yn gyfrifol am y prisiau isel am y defaid a'r da bach yn y farchnad. Y Bolshis o'dd yn gyfrifol am ddirywiad crefydd yn y wlad. Y Bolshis (a dyma'u pechod pennaf oll) o'dd yn gyfrifol am y syniad o gymryd tir oddi wrth y ffermwyr mawr a'i rannu rhwng y tlodion fel bod pob teulu drwy'r wlad yn berchen ar o leia dair erw o dir, er mwyn cadw buwch, fel bod pawb yn hunangynhaliol.

Ma' arna i ofn fod Joni'n siarad trwy'i hat. Ma'n well 'da fi wrando ar syniadau a phrofiadau Dad-cu na damcaniaethau gwyllt Joni a'i debyg.

Rown i'n lwcus iawn o gael pump mas o ddeg am fy ngwaith i. A dweud y gwir, doeddwn i ddim yn nabod fy hunan yn iawn, a fuaswn i byth yn gallu rhoi gwbod i'r byd am Mamo, a'r bywyd ofnadwy a gafodd, ac o'dd cywilydd arna i arddel Dyta o'i holl gymadwye.

Ond er gwaetha'i holl Seisnigrwydd a'i awydd i roi leins i bawb, rown i'n eitha hoff o Jones Welsh. A bod yn onest, rown i'n dechre mwynhau fy mhrofiade yn y Cownti Scŵl.

O'dd y bechgyn yn dueddol i edrych lawr arnon ni'r merched – roedden nhw'n credu eu bod nhw o safle uwch na ni mewn bywyd, ond roedden nhw'n gallu gwneud pethe digon twp ac ych a fi hefyd ar dro.

Islaw libart yr ysgol ro'dd 'na whalpyn o gae – rhyw fath o 'dir neb' – a bydde'r bechgyn yn sleifo lawr i'r lle gwyllt hwnnw i 'neud wn i ddim beth. Do'dd dim croeso i ni'r 'merched bach' fynd ar gyfyl y lle, ond ro'dd y 'merched mowr' yn ca'l tragwyddol heol i fynd lawr pryd y mynnen nhw.

Un prynhawn, ar ôl cinio, mi es i 'nôl yn gynnar i'r ysgol, a phwy o'dd yn fy nghwrdd i ond Olwen.

'Beth am fynd lawr i'r Cae Clai i ga'l gweld be sy'n digwydd 'na?'

'Pam? O's 'na rwbeth o bwys yn digwydd 'na heddi?'

'Sa i'n siŵr, ond ma' hi fel petai pawb yn bwrw i lawr 'na. Dere, falle cawn ni lot o sbort a joli-hoi.'

'Reit, bant â ni 'te.'

A dyna lle ro'dd rhes hir o'r 'bechgyn mowr' yn sefyll yn sgwâr ar ben clawdd hir, ac oddi tanyn nhw ro'dd pwll mowr o ddŵr digon afiach yr olwg.

'Ma' nhw'n siŵr o fod yn mynd i neidio am y pella dros y dŵr, Jane. Gei di weld.'

'Na, ma'n rhy beryglus. Ma'r dŵr i'w weld yn ddwfwn iawn, ac yn frwnt hefyd.'

Ro'dd plant yr ysgol bron i gyd lawr 'na yn disgwyl i rywbeth mowr ddigwydd.

Ac yn sydyn, ar yr un eiliad, dyma'r bois o'dd ar y wal yn agor botymau'u trowseri, tynnu'u pidynne mas a phiso am y pella. Y bechgyn o'dd yn gwylio yn chwerthin a chlapo – y merched yn cil-chwerthin ac esgus cwato'u llyged, ond yn gweld popeth hefyd. Sa i'n gwbod pwy enillodd, os

134

rhywun. Ond yn sydyn dyna gloch yr ysgol yn canu, ac fe redodd pawb i'w briod le, gan edrych mor ddiniwed, gan obeithio na fydde'r un athro wedi clywed am yr anfadwaith o'dd yn mynd mlaen yn y Cae Clai, neu lwc-owt!

Cafodd Olwen fodd i fyw, yn giglan trwy'r prynhawn wrth gofio am y 'sbort', ond wir, weles i ddim byd mor dwp a digywilydd erio'd. Sbort, wir!

16

Rown i'n edrych mlaen at weld nos Wener yn cyrraedd. Ma'n rhaid 'mod i'n setlo lawr yn iawn yn Nant-y-wern. Teimlo'n anghyfforddus ar brydiau; teimlo nad own i'n perthyn i'r ffordd barchus yna o fyw; ac ar yr un pryd yn mwynhau'r steil a'r moethusrwydd.

Rown i'n setlo lawr yn yr ysgol hefyd, ac yn teimlo'n ddigon cyfforddus yn ystod gwersi rhai o'r athrawon. Ro'dd Miss Hunter, yr athrawes Saesneg, yn f'atgoffa o Miss Evans yn yr ysgol fach – byth yn codi'i llais, yn addfwyn, yn bert, ac yn ein dysgu mor rhwydd a diffwdan.

Erbyn canol yr wythnos roedd wedi marco ein gwaith cartre, y 'composition' – 'My best friend'. Fe sgrifennes i beder tudalen yn disgrifio Ledi, fy ffrind anwylaf – ffrind a ddeallai bob gair a ddwedwn wrthi, a ffrind a gadwai bob cyfrinach. Ac er mawr syndod cefais ddeg mas o ddeg am fy ngwaith.

'You write with compassion, Jane. Your composition is well written, and your command of English is outstanding.'

Dim ond fi gafodd farcie llawn, a dyma hi'n gofyn cwestiwn rhyfedd iawn.

'What is your father's work?'

Ches i ddim amser i gysidro, a doeddwn i ddim yn barod i esbonio'r gwir sefyllfa wrthi, felly dyma fi'n dweud, 'A farmer, Miss Hunter.'

Cyn iddi gael amser i ddweud rhagor, dyma Joni â'i law lan.

'Miss, Miss, Miss, please, Miss,' fel neidr yn chwithrwd yn y gwair.

'Yes, Johnnie, and what do you want?'

'He was not a farmer, Miss, he was a farm servant. He belonged to the working class.'

'If ever I shall require your opinion, Johnnie, I shall ask for it. Please remember that.'

A dyna ddiwedd ar Joni a'i wybodaeth. Beth gododd yn 'i ben e i 'nghywiro i, a hynny o flaen pawb? Eiddigedd? Falle, ond yn fwy na thebyg ei awydd i 'nhynnu i lawr beg neu ddou, am fy mod i'n un o'r 'crachach' erbyn hyn. Rown i'n ysu am 'i ga'l e ar ben ei hunan i roi gwbod 'i seis iddo – fe a'i Rwsia a'i syniade twp. Y pwrsyn!

Ac yn wir, fe ddaeth fy nghyfle ynghynt nag own i'n 'i feddwl. Yn y dre, drannoeth, dyna lle roedd Joni'n edrych mewn i ffenest y siop lle rown i'n ca'l fy nghinio bob dydd. O'dd, mi ro'dd y ffenest yn ddeniadol iawn, digon o bob math o gacennau a melysion, a dyna ble roedd Joni druan â'i drwyn bron â chyffwrdd â'r gwydr, ac yn rhy dlawd mwy na thebyg i brynu 'run gacen.

Cododd drueni arna i.

'Helô, Joni, wyt ti'n ffansïo un o'r cacs 'na? Gwranda, pam na ddoi di 'da fi i ga'l cinio yn y caffi?'

'Wyt ti'n gall, dweda?'

'Odw, a wy'n gofyn i ti ddod i ginio 'da fi – ma'

'da fi ddigon o arian i dalu amdanon ni'n dou. Dere mlaen.'

Sylwais arno'n rhyw betruso cyn ateb. 'Dere, Joni. Neu falle dy fod ti'n ormod o Folshi i dderbyn caredigrwydd 'da hen ffrind.'

'Cardod fydde hynny.'

'Falle. Ac rwyt ti'n ormod o ddyn ac yn ormod o Folshi i dderbyn cardod 'da'r crachach?'

'Sori, Jini – 'ma'n ddrwg 'da fi 'mod i wedi dy insylto di.'

'Ma'n ddrwg 'da finne hefyd. Ac i ddangos ein bod ni'n ffrindie unwaith 'to, dere mlaen. A pheth arall, dyw bechgyn a merched ddim i fod siarad â'i gilydd ar ben stryd, ond do's dim rheol ynglŷn â siarad mewn caffi.'

'Reit-o,' mynte fe'n swil ac anghyfforddus.

Ac i mewn â ni.

'Joni, be gymri di? Sosej a tships wy'n ga'l. Hynny'n iawn 'da ti?'

A dyma ni'n dou'n eiste wrth ford fach gron yn y cornel pella, a ni'n dou wedi'n taro 'da'r palsi mud. Ro'dd yn rhaid i mi gael ateb i rai pethe a'm poenai, ond gwell o'dd aros am y bwyd cyn dechre arni.

Bwytaodd Joni'n awchus; ro'dd hi'n amlwg ei fod bron â llwgu.

'Joni, 'swn i'n hoffi gwbod pam wyt ti mor barod i sôn am fy nhad yn dy gomposition, a hefyd ddoe ddiwetha yn gweiddi mas i anghytuno â fi am 'mod i'n dweud taw ffarmwr o'dd e. Pam, Joni? Am fy mod i'n un o'r crachach?'

138

'Ie, sbo.'

'Gwranda, Joni, do's neb yn hoffi cardod, ond ar gardod w' inne'n byw hefyd. Oni bai am Dad-cu mi faswn i'n ddigartre a heb ddime goch y delyn i 'nghynnal i. Wna'th Dyta 'rioed roi ceiniog at 'y nghadw i, nac i Mamo chwaith.'

'Dyn caredig iawn o'dd Wncwl Ifan.'

'Alla i ddim â credu taw 'run o'dd e â 'nhad i.'

'O ie, wy'n siŵr o hynny, achos o'dd e'n siarad yn annwl iawn am 'i ferch fach, Jini.'

'Wel, dyn caled, crac weles i fe. A Mamo hefyd. Fe ddioddefodd hi fwy na fi. Dyn o'dd yn rhegi a bytheirio o'dd Dyta. Hala'i arian i gyd ar gwrw a mynwod, a rhedeg ar ôl pob hwren.'

Gyda 'mod i wedi dweud hynna, o'n i'n difaru. O'n i ddim yn siŵr iawn o ystyr y gair 'hwren' – rhyw air a gododd o'r isymwybod wrth glywed Anti Mary a Mamo'n siarad amdano.

'Dyw Mam ddim yn hwren, Jini – menyw dlawd sy'n gwbod beth yw caledi yw hi, druan. Rhag cywilydd i ti'n galw'r fath enw arni. Diolch am y cinio – wy'n mynd 'nôl i'r ysgol, Jini.'

'A chofia Joni 'mod i wedi newid fy enw. Jane ydw i nawr.'

'Reit, Jane, ond rwyt ti wedi newid mwy na dim ond d'enw.'

'Wyt tithe hefyd, Joni. A chofia bydd yn rhaid i ti ddysgu iaith Rwsia os wyt ti'n mynd i gario mlaen i fod yn Bolshi go iawn.'

Na, do'dd y ginio ddim yn llwyddiant, ac fe

wahanon ni yn yr un ysbryd â phan ddechreuon ni. Fi yn un o'r 'crachach' a Joni yn un o'r 'Bolshis'.

Ac erbyn meddwl, ddylwn i ddim fod wedi defnyddio'r gair 'hwren' chwaith. Dyna pryd a'th Joni mor grac. Edrycha i yng ngeiriadur Dad-cu pan a' i adre. Ma'n rhaid i mi gael gwybod gwir ystyr y gair 'na. Neu gwell fyth, gofyn i Magi. Mi fydd hi'n siŵr o fod yn gwbod.

Fe ddaeth nos Wener ynghynt na'r disgwyl – ro'dd hynna'n profi 'mod i'n mwynhau fy hunan yn yr ysgol. Ond braidd yn fflat a diflas o'dd y tŷ lojin – y tywydd yn oeri, a dim ond llygedyn o dân yn y grât. Sa i'n gwbod shwt o'dd Miss Jones yn gallu cadw tân i fynd â dim ond dou lwmpyn o lo. Rown i'n dechre ca'l digon ar gig moch ac wy bob nos hefyd – a'r cwbwl wedi dod o Nant-y-wern. Diolch am ginio blasus y caffi bob dydd. Ac o ran Miss Owen, y lojer arall, ro'dd hi'n dal i edrych yn gilwgus a chwpsog arna i, ac fe'i clywes hi'n dweud wrth Miss Jones, 'Ry'ch chi'n sbwylo'r groten 'na. Ma' eisie i rywun ddysgu tipyn o faners iddi, yn lle 'i bod hi'n joli-hoitan obeutu'r lle yn credu taw hi yw Ledi Myc.'

Ddes i erio'd ddeall pwy o'dd honno.

Dala'r bws a chyrraedd siop y pentre, a dyna lle ro'dd Magi a Ledi'n disgwyl amdana i, a Ledi'n cerdded yn urddasol ar ei phedair coes erbyn hyn.

Do'n i ddim wedi gweld Magi oddi ar iddi gyfadde 'i bod hi'n feichiog, a wir o'dd hi'n edrych dipyn yn sioncach nag o'dd hi'r penwythnos cynt.

140

Ro'dd hi'n siŵr erbyn hyn fod 'na ddyn yn byw 'da Mrs Pegler, a'i fod yn cwato ar hyd y dydd, a dod mas wedi iddi dywyllu. Ro'dd Magi wedi cael cip arno ar stepen y drws wrth ddisgwl amdana i, ac ro'dd Ledi wedi rhuthro amdano'n ffyrnig, ond bod y dyn wedi cau'r drws yn glep cyn iddi gael gafael ynddo.

Cyn iddi bennu'i stori, daeth Mrs Pegler ei hunan mas, yn swagro fel paun. 'I'm going to report that mad dog to the police. 'Im is dangerous and 'im might attack a child one day, and mebbe kill it, ontefe. I'm warning you, missie.'

Rhaid o'dd i Magi gadw ochor Ledi a gweud, 'She's a nice dog, Mrs Pegler, and only attacks bad people.'

'Nice dog, indeed, she jumped on my friend, what is a gentleman, and knows about animals, 'im being a farmer an' all. I'm warning you missie. I do'n wanna see that dog ever again.'

Gwyddwn pwy o'dd y 'gentleman', a gwyddwn hefyd pam y bu i Ledi ymosod arno. Dyw ci call byth yn anghofio.

'Rhaid inni fynd adre dros lwybyr y cae. Mae'r dreif wedi cau, achos bod pobol y teliffon yn codi'r ffordd i roi polion lawr i ddal y weier. Bydd teliffon 'da ni cyn pen pythewnos, mae'n debyg.'

Gallu Dad-cu eto i symud pobol pan fydde fe'n cyhoeddi'r gair. Ro'dd e'n gallu cyffroi pawb i ufuddhau iddo, pawb ond gyrrwr y bws ar y ffordd dyrpeg.

'Fuost ti gartre dros y penwythnos, Magi?'

'Naddo, mynd i weld Anti Sali wnes i. Fe gei di'r hanes eto.'

'Magi, wyt ti'n gwbod beth yw ystyr y gair "hwren"?'

'Odw, pam wyt ti'n gofyn?'

'Eisie ehangu fy ngwybodaeth, dyna i gyd.'

'Jane, wyt ti'n siarad fel llyfyr. Be sy'n corddi yn dy ben di?'

'Eisie gwbod, dyna i gyd.'

'Cwestiwn rhyfedd iawn.'

'Pam? Wyt ti ddim eisie gweud?'

'Na, na. Ma'r ateb yn eitha syml.'

A dyma Magi'n aros am eiliad neu ddwy i feddwl, a chlirio'i gwddwg, fel petai hi'n mynd i wneud datganiad o bwys.

'Hwren yw menyw sy'n ca'l ei thalu am werthu'i hunan i ddyn.'

'Be wyt ti'n feddwl wrth werthu'i hunan?'

'O Jane, rwyt ti'n ddiniwed sobor. Rhoi secs iddo, wrth gwrs.'

'Secs? Wy ddim yn deall, Magi.'

'Ma'n rhaid wrth secs i neud babi.'

'Wyt ti wedi ca'l secs, Magi?'

'Odw, wrth gwrs, neu faswn i ddim yn y picil wy ynddo nawr.'

'Pam gest ti secs, Magi, os nad oe't ti'n barod amdano?'

'Rwyt ti'n holi cwestiynau dwl, Jane.'

'Pam Magi? Pam?'

'Achos 'mod i'n joio fe, wrth gwrs.'

Cofiais am Dyta a'i gymadwye. Nid secs o'dd y siabwcho ges i pan o'dd e'n gorwedd ar fy mhen, ond rhywbeth creulon, dieflig – rhyw fath o ysfa anifeilaidd o'dd yn gwneud i mi gyfogi a chywilyddio. Cywilyddio hyd y dydd heddi.

Wedi mynd adre, mynd ar f'union i chwilio am eiriadur Dad-cu – geiriadur Spurrell. Do'dd y gair 'hwren' ddim yno, ond 'hwrio' o'dd 'fornication'. Edrych y gair 'fornication' wedyn, a cha'l taw ystyr hwnnw o'dd 'puteindra'.

Ro'dd esboniad Magi'n gwneud mwy o synnwyr i mi, wedi'r cwbwl. Ond byddai'n gallach i mi aros nes gweld Anti Mary. Fe ga i esboniad llawn 'da hi.

17

Marged yn groeso i gyd fel arfer, a bwyd ar y ford yn fy nisgwyl. Dim ond tamed i aros pryd o'dd hwn, meddai; bydde swper yn hwyrach.

Cilio i'm stafell – diolch bod 'da fi le i ddiengyd iddo. Y stafell wely gyda'r dodrefn o'dd 'da Mamo drwy'i hoes – o hawddfyd ei blynyddoedd cynnar, ac ymlaen drwy flynyddoedd ei gwarth. Y dodrefn roddai'r cysur mwya i mi. Dim ond yn fy stafell wely y teimlwn yn hollol gartrefol.

Disgwyl gweld Magi.

O'r diwedd, yn hwyrach nag o'n i'n feddwl, dyma gnoc ar y drws.

'Dere mewn, Magi.'

Fe ges i sioc. Nid y ferch weddol dawel a weles rhyw awr ynghynt o'dd 'na, ond creadures druenus, lipa, yn ffaelu â siarad yn synhwyrol, achos ro'dd 'i dagre, yr igian a'r snwffian yn bwyta'i geirie cyn iddyn nhw ga'l eu ffurfio'n iawn.

'Wb! wb! wb!'

'Magi, er mwyn y nefoedd, stopa'r stringaste 'na, i fi ddeall be sy wedi digwydd i ti.'

Erbyn hyn ro'dd y sterics wedi troi'n nade, a gorweddai Magi ar fy ngwely fel creadur ar fin marw.

'Magi! O's rhywun wedi dy ddrelo di?'

Dim ateb.

'Magi, gwed wrtho i. Pwy? Magi, pwy?'

Ar ôl rhagor o sgrechen a gwawchan daeth yr enw 'Miss Lewis' o rywle o'i thu fewn.

'Marged?'

'Ie.'

'Hwde, dyma facyn i ti. Sycha dy ddagre, a hwtha dy drwyn, i ti cael siarad yn synhwyrol. Be ma' Marged wedi'i wneud?'

'Rhoi'r sac i fi.'

'Sac? Pam?'

'Achos 'mod i'n mynd i ga'l babi.'

'Pwy wedodd wrthi?'

'Lisi, wy'n meddwl, a gorfod i finne gyfadde wrthi, a gweud y gwir. Fe alwodd fi'n hwren.'

Dechre snwffian ac igian eto.

'Pryd wyt ti'n 'madel?'

'Bore fory, paco heno.'

'I ble'r ei di? A ffordd ei di?'

''Da un o'r gweision yn y trap-a-poni, ond i ble 'sda fi ddim llyfeleth.'

Ro'dd y sterics wedi troi'n snwffian tawel erbyn hyn, a wyddwn i ddim beth i'w weud. Rywsut ro'dd rhaffu geirie a chynghorion mor wag a dibwrpas. Teimlwn yn hollol ddi-fudd a di-ffrwt, ond o'dd yn rhaid i mi roi rhyw air bach o gysur iddi. Shwt, o'dd yn gwestiwn arall.

'Pwy sy'n talu dy gyflog di, Magi?'

'Miss Lewis, ond arian Mr Lloyd-Williams y'n nhw yn y bôn.'

'Ble'r ei di?'

'Duw a ŵyr.'

'Beth am dy Anti Sali?'

'Ma' merch 'da hi sy'n y Cownti Scŵl, ac ma' hi'n cadw lojer i helpu byw. Dim ond dwy stafell wely 'sda hi. Ond ma' hi wedi gweud y ca i fynd 'co, i eni'r babi.'

'Da iawn hi.'

'Wyt ti ddim yn nabod 'i merch hi?'

'Nadw, Magi.'

'Gwen James – ma' hi yn y Cownti Scŵl, ac yn gobeithio mynd i'r coleg y flwyddyn nesa.'

'Wy ddim yn nabod llawer o neb yn y chweched.'

'Plentyn gordderch yw Gwen hefyd.'

'Dyw hi ddim gwaeth o hynny.'

'Nadi, ond fe gas Anti Sali 'i throi mas o'i chartre a gorfod iddi hi fynd i'r wyrcws yn y dre i eni'i phlentyn.'

'Pam?'

'Jane, rwyt ti'n gallu bod yn eitha twp ar dro. Dwyt ti ddim yn deall taw'r pechod penna ffordd hyn yw cael babi cyn priodi, 'n enwedig os yw dy rieni di'n gapelwyr? Dyna pam fod cymaint yn gorfod priodi. Ma' hynny'n ddigon drwg, ond ma'r rheiny'n ca'l maddeuant yn gyhoeddus o flaen pawb yn y capel.'

'Falle daw Jac 'nôl yn glou, ac fe allwch chi briodi wedyn, a bod yn barchus unweth 'to.'

''Sa i'n credu hynny, Jane. A wy wedi sylweddoli erbyn hyn taw tipyn o wili-wantan yw Jac, a fydde priodi a bod yn dad syber ddim 'da'r graen iddo fe. O, be wna i, Jane?'

Dechre 'to 'da'r crochlefain.

Ces inne syniad. 'Magi, gwranda. Rho stop arni. Cer i baco, ac os gweli di Miss Lewis, paid â gwneud sylw ohoni. Dal dy ben lan, paid â dangos dy fod yn becso, a dere 'nôl i 'ngweld i ar ôl swper.'

'Wyt ti'n mynd i'n helpu i, Jane?'

''Sa i'n addo dim. Ond fe gawn ni weld. Cer.'

A bant â hi.

Pwy hawl o'dd gan Marged i roi'r sac iddi? A phwy hawl o'dd 'da hi i'w galw'n hwren? Wy ddim yn siŵr o wir ystyr y gair eto, ond rwy'n siŵr nad o'dd Magi'n gwerthu'i hunan er mwyn secs. Ro'dd Magi'n joio secs. Ych a fi!

Daeth y stori am Marged yn camfihafio 'da Dad-cu yn fyw i'm cof. Pwy hawl o'dd 'da hi i ymddwyn fel rhyw Dduw hunan-gyfiawn?

Swper braidd yn hwyr – Dad-cu wedi bod mewn sêl.

Ar ôl y cyfarch arferol, a Dad-cu'n holi am yr hyn a ddysgais yn yr ysgol, fe aeth pawb yn dawel.

Distawrwydd llethol, a phawb yn canolbwyntio ar fwyta. 'Nôl Dad-cu, mae tawelwch wrth fwyta yn help i dreulio'r bwyd.

Yna'n sydyn fel bollt, dyma Marged yn gwneud datganiad. 'Mr Lloyd-Williams, wy wedi rhoi'r sac i Magi.'

'Sac i Magi? Pam? Rhoces dda yw Magi yn 'i gwaith. Pam n'enw pob rheswm? Pam?' ac yn llwncdagu wrth siarad.

'Ma' hi wedi bod yn groten ddrwg, Mr Lloyd-Williams. Wy wedi ca'l siom imbed ynddi. Mae'n feichiog.'

Ddwedodd Dad-cu 'run gair, dim ond syllu ar 'i blât, heb fwyta dim.

A dyma fi'n mentro rhoi 'mhig i mewn, gan ymddangos mor ddiniwed.

'Mynd i ga'l babi, y'ch chi'n feddwl. Pam rhoi'r sac iddi am hynny?'

'Wyt ti'n rhy ifanc i ddeall, Jane.'

'Odw i wir! Doeddwn i ddim yn rhy ifanc i wrando arnoch chi'n gweud y stori garu honno wrtho i, jyst cyn i fi fynd i'r Cownti Scŵl. Smo chi'n cofio, Marged?'

'S'da fi ddim cof am y peth. Rwyt ti'n gwamalu, Jane.'

'Dewch nawr, Marged. Stori am rhyw fenyw yn diodde o'r ffliw ac yn tynnu dyn ati i'r gwely. Ac yn joio mas draw, er 'i bod hi bron â marw. Y'ch chi ddim yn cofio?'

'Nadw, cofio dim – rwyt ti'n dychmygu pethe.'

Ond ro'dd y stori wedi cael effaith arni, a dyma hithe nawr yn edrych ar ei phlât, ac yn dweud dim na bwyta dim. Ac i roi rhagor o halen ar y briw, dyma fi'n dweud, mewn llais-llawn-trueni, 'Druan fach â Magi. I ble'r aiff hi?'

Dim ateb.

Cododd Dad-cu ei olygon o'i blât ac edrych at y nenfwd, fel petai'n disgwyl am arweiniad oddi wrth y Goruchaf.

Ac fe'i cafodd.

'Marged, faint yw cyflog Lisi nawr?'

'Deunaw swllt yr wythnos, Mr Lloyd-Williams, a chodiad Calangaea nesa.'

'Reit, talwch 'run peth i Magi, a gwedwch wrthi y gall hi aros yma, tan y bydd hi'n barod i fynd.'

'Iawn, Mr Lloyd-Williams – chi yw'r bòs, chi ŵyr ore.'

Buddugoliaeth!

Cysuro fy hunan – mae'n talu'r ffordd weithiau i dorri addewid os yw e er lles ffrind mewn argyfwng, er 'mod i'n teimlo'n dipyn o hen scrabi wrth wneud hynny.

Cododd Marged yn wyllt oddi wrth y bwrdd – gwthio'r stôl o'r neilltu, a honno'n rhoi sgrech oeraidd wrth grafu'r llawr derw. Rhoddodd un gip sarhaus arna i wrth basio. Ac fe bwodd.

Ro'dd pob hawl 'da hi wneud hynny, wrth gwrs; fe dorres i f'addewid iddi. Ac fe ddyle addewid fod yn sanctaidd. Dyna fel dysgodd Mamo fi.

Codes inne i fynd, ac ar amrantiad rhoddais gusan fach slei i Dad-cu ar ei foch. Gwenodd yntau – y wên anwyla ges i gan neb erioed, gwên o ddealltwriaeth. Ma' Dad-cu'n dipyn o foi!

Es inne 'nôl i'r llofft, a chyn pen dim ro'dd Magi yn ei hôl, a Ledi wrth ei chwt. Honno'n fy lluo a 'nghusanu i yn ei chroeso.

'Wyt ti wedi bennu paco, Magi?'

A dyma'r llifeiriant dagreuol yn dechre eto, a'r igian aflafar a godai o rywle yng ngwaelod ei stumog.

'Gwranda, Magi, stopa'r halibalŵ 'na, i ni gael siarad yn gall.'

'Wyt ti ddim yn deall, Jane – 's'da fi ddim llyfeleth ble bydda i fory nesa.'

'Wel, ma' 'da fi. Yma fyddi di.'

'Be wyt ti'n feddwl?'

'Fe gei di aros yma, nes dy fod ti'n barod i fynd.'

'Beth? Alla i ddim credu'r peth!'

Dagrau eto, ond heb y sterics y tro 'ma.

'Wyt ti'n siŵr, Jane?'

'Odw, yn berffaith siŵr, a weda i ragor o newyddion hefyd. Fe gei di 'run gyflog â Lisi o fory mlaen.'

'Alla i mo dy gredu di – dwed y gwir, Jane, paid â 'nhwyllo i.'

'Dyna'r gwir i ti – y gwir bob gair.'

Ac fe gydiodd amdana i, a'm gwasgu nes 'mod i'n swps. Gymaint o wasgu a chlapo 'nghefen i, nes bod Ledi'n credu 'mod i'n cael cam ac yn barod i ymyrryd.

'Ond cofia, Magi – dim gair wrth neb nes bod Marged yn cael cyfle i weud wrthot ti ei hunan, a fydd hynny mwy na thebyg ddim tan bore fory. Wyt ti'n addo?'

'Odw, ar fy llw. Shwt doist ti i ben â hi?'

'Fy nghyfrinach i yw hynny. Dim gair wrth neb. Addo?'

'Odw, addo. Cris, croes, tân poeth!'

'Cer nawr, Magi. Cer i'r gwely'n gynnar. Gad i Ledi fod – falle anghofian nhw amdani. Nos da.'

Ond ro'dd yn rhaid iddi roi cwtsh arall i fi cyn mynd.

Ro'dd rhyw deimlad o fodlonrwydd wedi dod drosto inne erbyn hyn. Rhyw falchder 'mod i wedi gallu rhoi ychydig o help llaw i Magi yn ei gofid, druan fach. Roedd hi'n dechre nosi. Edryches mas ar y tawelwch a'r mudandod. Dim smic, dim i'w weld heblaw rhai o'r pyst teligraff newydd, ac ambell garn o gerrig fan hyn a fan draw lle ro'dd postyn wedi'i fwrw i'r ddaear.

Rown i ar fin cau'r llenni pan weles i gysgod yn llechu rhwng y postyn a'r clawdd. Ie, dyn o'dd e. O'dd dim dowt 'da fi. A gwyddwn pwy o'dd e hefyd. Beth o'dd e'n ei ennill trwy aros mas yn y tywyllwch yn syllu ar y tŷ? Nid dyna'r tro cynta chwaith. Pam fy nilyn i fel hyn o hirbell? Gwyddai na fyddwn i ddim mas ar ben fy hunan ar ôl iddi dywyllu. Fe ges i'r teimlad ei fod yn syllu'n gwmws ata i. Teimlad arswydus.

Ac ro'dd e'n gallu 'ngweld i'n gliriach nag oeddwn i'n gallu'i weld e.

Caeais y llenni'n gyflym – cau mas y byd a phob ysbryd aflan. Ond ro'n i'n ffaelu cau mas y gofid a'r amheuon o'dd yn cwato yn 'y nghalon i.

Pam o'dd Dyta mor benderfynol o 'nilyn i nos a dydd? Ro'dd e'n codi ofn arna i.

Rhaid fod ganddo reswm. Ai dial arna i am fy mod i'n byw mewn cysur a moethusrwydd? Am fy mod i'n un o'r crachach? Neu falle ei fod am ymddiheuro am y ffordd y gwnaeth e fy nhrin i pan own i'n blentyn? Duw yn unig a ŵyr.

Ond do'dd Dyta ddim yn ddyn i ofyn am faddeuant. Do'dd byth fai arno fe. Y 'nhw' o'dd ar fai bob amser.

18

Tempus fugit.

Ma' dau reswm pam fy mod i'n dyfynnu'r ddau air yna. Yn gynta i ddangos fy mod i wedi dysgu o leiaf ddau air Lladin, a hefyd mae e'n dweud y gwir – mae amser *yn* hedfan.

Rydw i wedi bod yn yr ysgol nawr ers yn agos i dri mis, ac wedi sylweddoli erbyn hyn fod addysg yn bwysig, ac yn credu'n sownd bod yn rhaid wrth addysg 'i ddod mlaen yn y byd'.

Rown i wrth fy modd 'da'r rhan fwya o'r pynciau – Saesneg, Ffrangeg, Lladin, a Chymraeg hefyd, ond bod Jones Welsh yn mynnu siarad Saesneg bob gair yn ystod y wers. O'dd pawb yn gwbod taw Cymro glân gloyw o'dd e. Byddai wastad yn siarad Cymraeg â ni yn y stryd, ac mi ges i ddigon o ben-blaen un diwrnod i ofyn iddo, 'Why do you speak English during the Welsh lesson, Sir?' Ei ateb oedd, 'It is the policy of the school, and who am I to question their rules and regulations?'

Ond ro'dd e'n athro o'dd yn eich tynnu i ddysgu, ac yn rhoi pwys mawr ar ddarllen. A thrwy lwc o'dd 'da Dad-cu lawer iawn o lyfre Cymraeg ar ei silff lyfre. Fe ddarllenes i lyfre Daniel Owen bron i gyd yn ystod y tri mis diwethaf, a chael blas neilltuol ar eu darllen – 'nenwedig *Gwen Thomas*.

Darllen llyfrau Saesneg hefyd – llyfrau o waith y chwiorydd Brontë (*Jane Eyre* o'dd fy ffefryn), a llyfrau Charles Dickens. Rown i'n gallu benthyca'r llyfrau Saesneg o lyfrgell yr ysgol.

Ond do'dd pob gwers, na phob athro chwaith, ddim wrth fy modd. Ro'dd yn gas 'da fi Fathemateg; fedrwn i ddim diodde'r athro i ddechre. Slampyn o ddyn tal a chanddo fwstás du seimllyd yn hongian lawr dros 'i wefle. Byddai'n arferiad ganddo i wthio'i gorpws anferth i'r un ddesg â'r merched – un fraich dros ysgwydd a'r llaw arall yn swmpo'r ben-lin. Ych a fi. Byddai'n dweud pethe hurt hefyd wrth roi syms i ni, fel 'a woman in vests etc'.

A Bioleg wedyn. O'dd y drewdod a ddeuai o'r lab honno yn eich cnoco chi ar brydiau, ac yn gwneud i chi retsio. Un diwrnod, fe welais rhyw hanner dysen o frogäod bach pert yn chware yn y dŵr.

'How do you feed them, Miss?' gofynnes yn hollol ddiniwed.

'Feed them? Why should I feed them? They will be dissected tomorrow, so that my Form VI students can examine their innards.'

Ac ro'dd yr wybodaeth 'na yn ddigon i wneud i mi gasáu Bioleg am byth bythoedd.

Neidio, taflu'n breichiau ar hyd ac ar led, chware ffwt-it o'dd y 'drill' y rhan fwya o'r amser, a chware hoci os na fyddai'n bwrw glaw.

Ar y cyfan rown i'n cael tipyn o hwyl yn y County Scŵl, neu Ysgol y Sir, fel y byddai rhai pobol barchus yn ei galw.

Erbyn hyn, ro'dd hi'n tynnu at y Nadolig – fy

Nadolig cynta ar ôl colli Mamo. Rown i'n gweld ei heisiau'n sobor iawn, ac ar brydiau byddwn yn chware'r gêm 'nid fi wyf fi', ac esgus taw fi o'dd Mamo pan o'dd hi'n rhoces yn Nant-y-wern, a gartre ar ei gwyliau o'r ysgol grachaidd 'na ger Llundain. Mynd i'r wardrob i chwilmentan a dod o hyd i ddillad o'dd braidd yn henffasiwn, ond o'dd yn fy ffito i. Gwisgais nhw un noswaith. Syllodd Dad-cu arna i'n gymysglyd a chwpslyd.

'Ble cest ti afael yn y dillad 'na?'

'Yn y wardrob – hen ddillad ar ôl Mamo y'n nhw.'

'Cer 'nôl ar unweth i newid. Wyt ti'n clywed? Ar unweth! A phaid â gadel i mi dy weld ti'n gwisgo'r dillad 'na byth eto. Byth.'

Ufuddheais fel un o'i gŵn defaid. Pan es i 'nôl ato wedyn, ro'dd e'n ddyn gwahanol, yn dawel ac yn edifeiriol.

'Wyt ti'n brin o ddillad, Jane?'

'Na, ma' 'da fi ddigon ar hyn o bryd, ond ma' rhai dillade wedi mynd yn rhy fach i fi, a bydd yn rhaid i fi gael pilyn neu ddou newydd 'whap iawn.'

'Hwre, dyma ugen punt i ti i brynu beth bynnag wyt ti 'i eisiau. Os nad yw hynna'n ddigon, dim ond gofyn sy raid i ti. Cofia di hynna, Jane.'

'Diolch, Dad-cu. Falle daw Anti Mary adre tua'r Nadolig ac fe awn i siopa 'da'n gilydd.'

'Iawn, syniad call.'

Ro'dd Magi, druan fach, yn dala'n broblem, ac yn globen erbyn hyn. Ro'dd Marged yn dala'n duch tuag ati, ac yn pregethu moesoldeb byth a beunydd. Lisi'n disgwl iddi wneud gwaith trymach, a chymryd drosodd rhan o'r gwaith o'dd hi'n arfer ei wneud achos 'bod hi wedi ca'l codiad yn 'i chyflog, a cha'l cymaint â fi nawr'.

Y gweision ifanc yn gwneud sbort ar ei phen, ac yn ddefnyddio iaith anweddus wrth sôn am 'y blydi bynsen yn y ffwrn'.

Dad-cu'n dweud dim.

Un bore Sadwrn, dyma Magi'n gofyn i fi fynd 'da hi i'r siop. Dad-cu eisie oel Morris Evans i roi ar droed yr ebol bach.

Bant â ni ein dwy a Ledi'n dilyn.

'Well i ti glymu Ledi'n sownd, neu fe gewn ni bregeth arall 'da Mrs P. obeutu cŵn peryglus.'

'Reit. Ac mi roia i 'ddi'n sownd wrth y reilins hefyd, rhag ofn iddi fentro mewn i'r siop sanctaidd.'

Ro'dd Mrs Pegler 'mbach fwy serchog heddi, ond do'n i ddim yn teimlo'n rhyw gymdogol iawn tuag ati hi. Ond ro'dd yn rhaid i Magi gael gwbod y glonc i gyd.

'Has the gentleman farmer gone away, Mrs Pegler?'

'Yes luvvie, but he be back before Christmas. He 'as to keep an eye on 'is farm, ontefe – he is not a didoreth man, not him.'

'Has he gone far, Mrs Pegler?'

'Only to 'is farm in Pembrokeshire, he be wanting to buy Christmas presents for 'is relatives ontefe.'

'Has he got relatives this way, Mrs Pegler?'

155

'Yes, a young daughter, but she being a bit of a hoity-toity stuck-up, she don't 'ave much to do with him, and him being such a lovely man.'

Ac wrth ddweud hynna, edrychai'n syth i'm llygaid i.

'When are you getting married, Magi? Time's pressing on now – like the looks of it, ontefe?'

Magi'n cochi hyd at ei chlustiau, ac yn dweud dim. Minne'n ateb drosti heb feddwl ddwywaith. 'After Christmas, Mrs Pegler. Not that it is any of your business.'

'You cheeky little bugger.'

A'r funud honno, fel petai'n deall y cwbwl, dechreuodd Ledi gyfarth.

'You got that bloody dog with you again, Missie? Take it away at once, or I shall report you to the police. 'Im being a danger to the public ontefe.'

'It's a lovely dog, Mrs Pegler,' mynte Magi.

'Shut up you nobody. Take it away, I said. Now, at once. It keeps people away from my shop. Now, this minute. Hear me?'

Ac erbyn hyn ro'dd hi'n gweiddi – gweiddi o'dd yn debycach i sgrechen, y boer yn tasgu o'i gweflau, a'i llygaid yn fflamio. Udai Ledi yr un pryd, a rhwng y ddwy swniai'r ddeuawd yn oerllyd ac annaearol.

'Cer Jane, ar unwaith,' mynte Magi, 'neu fe eith y fenyw 'ma'n lloerig. Fe ddilyna i di wedi i mi ga'l y neges.'

A bant â fi, yn teimlo'n ddigon fflat. Newyddion drwg iawn o'dd fod y 'gentleman farmer' yn golygu dod 'nôl cyn y Nadolig. Cododd rhyw ddiflastod iasoer drosof.

Aros am Magi yn y cae. Ledi'n rhedeg ar ôl cwningen. Fe'i daliodd.

'Gollwng Ledi, gollwng, gollwng.'

Ro'dd yn rhaid i Ledi 'i chario i fi, gan ysgwyd ei chwt yn fuddugoliaethus, a'i gollwng wrth fy nhraed fel petai'n rhoi anrheg i mi. Ei chodi'n dyner, a chlywed ei chalon fach yn curo fel gordd. Babi cwningen o'dd hi. Ei hanwylo'n ofalus, ond ro'dd y creadur bach wedi cael cymaint o ddychryn, nes iddi farw o ofn. Y peth bach, ro'dd 'da hithe'r hawl i fyw fel pob creadur.

'Ledi, paid â gwneud 'na byth eto. Rhoces ddrwg.'

Dyma'r gwt yn stopo ysgwyd, a dyma hi'n gorwedd yn fflat wrth fy nhraed, yn amlwg yn gofyn am faddeuant.

Daliodd Magi ni.

'Be sy'n bod? Ry'ch chi'n edrych yn ddiflas iawn.'

'Ledi sy wedi dala cwningen.'

'Ble ma' hi?' Heb fymryn o gydymdeimlad, meddai, 'Hy! mae'n rhy fach i fynd adre â hi i'w choginio.'

'Be wnawn ni â hi, gwed?'

A chyn i mi gael amser i gysidro a dweud fy marn, ro'dd Magi wedi'i chymryd a'i thaflu di-whiw dros y clawdd.

'Magi, pam wnest ti 'na?'

'Pam, beth fyddet ti wedi'i wneud? Ei chladdu'n barchus mewn bedd?'

Do'dd 'da fi ddim ateb iddi – ro'dd marw a chladdu, bedd, nefoedd ac uffern yn dala'n ddirgelwch i mi, mewn dyn ac anifail yn ddiwahân.

Dad-cu'n disgwyl amdanom yn ddiamynedd. 'Ble rych chi wedi bod, ferched? Ma'r ebol bach mewn poen. A Jane, cer i weld be sy'n bod ar Marged – dyw hi ddim wedi codi heddi.' A bant ag e.

'Rhyfedd iawn fod Marged yn dala yn ei gwely mor hwyr â hyn.'

'Ie, Jane. Fe a'th i'r gwely'n gynnar neithiwr; wedi blino medde hi, ac yn achwyn pen tost.'

Lan â fi i'w hystafell. Ledi'n dilyn o hirbell; doedd fawr o gewc 'da hi ar Marged.

Cnoco – dim ateb.

Cnoco lŵeth, a lŵeth, yn uwch ac yn uwch.

'Marged, atebwch fi, gwedwch rwbeth. Y'ch chi'n dost?'

Siglo bwlyn y drws yn stwrllyd. Ledi'n gwneud rhyw sŵn gyddfol cras, hanner chwyrnu a hanner udo.

Mentro i mewn. Ledi'n gorwedd yn fflat ar y mat tu fas i'r drws ac yn dala i wneud y synau mwyaf aflafar ac annaturiol. Mentro ymhellach i mewn; Marged yn cwato dan y blancedi, a dim ond ei chap nos yn y golwg. Mynd ati; tynnu'r dillad 'nôl gan bwyll bach i gael siarad â hi. Dim gair o'i phen.

'Marged, dihunwch.'

Dim gair.

Sylwi fod ei hwyneb yn welw, gyda gwawr felen arno. Ei cheg ar agor ac yn ddiddannedd.

'Marged, dwedwch rywbeth.' Cydiais yn ei llaw; ro'dd hi'n hollol lipa.

Trawodd y gwirionedd fi fel bollt. Roedd Marged wedi marw!

Daliai Ledi i udo.

'Bydd distaw, Ledi.'

Rhedais nerth fy magle lawr y stâr – dilynodd Ledi fi a stopodd ei nade.

Gweiddi nerth fy mhen. 'Lisi, Magi, Lisi!'

'Be sy'n bod? Ry'ch chi'n edrych fel tasech chi wedi gweld ysbryd.'

'Falle 'mod i'n wir. Ma' rhywbeth mawr wedi digwydd. Rwy'n ofni fod Miss Lewis wedi marw. Dewch lan i'w gweld.'

'Na, well 'da fi beidio,' mynte Lisi, a dyma Magi'n dechre wban, nid yn annhebyg i wban Ledi.

A fel'ny rhaid o'dd i fi gymryd yr awene a gweithredu.

'Lisi, ewch lawr i'r stable – rwy'n credu taw yno ma' Mr Lloyd-Williams. Dwedwch wrtho am ddod draw ar unwaith – 'mod i'n dweud. Rhedwch!'

'Magi, tawela nawr, a rho Ledi'n sownd yn ei chwtsh, rhag ofn i honno ddechre oernadu eto. Ry'ch chi cynddrwg â'ch gilydd eich dwy.'

Falle y dylwn i fynd 'nôl i stafell Marged eto. Ond i beth? Fedrwn i wneud dim byd iddi byth mwy. Rown i'n berffaith siŵr ei bod yn farw hoel. Ro'dd 'i dwylo hi mor oer a llipa, yn gwmws fel o'dd dwylo Mamo wedi iddi farw.

Es i'r parlwr bach. Ro'dd hi'n oer yno. Marged

o'dd yn gofalu fod tân yno, a hynny cyn brecwast bob bore.

Colli Marged. Torri llinyn arian â'r gorffennol.

Colli un a fu'n fam ac yn ffrind i Mamo drwy'i chywilydd a'i hamarch, a rhywun a roesai faldod i mi pan own i'n ddim o beth. Ffaelu'n lân â llefain.

Dad-cu'n cyrraedd yn gynhyrfus.

'Be sy'n bod, Jane? Be sy'n bod?'

'Ewch lan i stafell Marged. Wy'n credu 'i bod hi wedi marw – wedi'n gadel ni, Dad-cu.'

Safodd yn stond am funud neu ddwy, falle mwy, heb yngan gair.

'Dere 'da fi, Jane.'

Aethom ein dau lan y stâr lydan, dderw, yn bendrist, a diwedwst.

Mynd mewn heb gnoco y tro hwn.

Roeddwn wedi tynnu'r shiten dros ei phen; do'dd dim ohoni'n y golwg.

Ro'dd Dad-cu fel petai wedi'i syfrdanu, fel petai wedi'i rewi yn y fan a'r lle.

Tynnais y shiten 'nôl. Rhoddodd ei law yn dyner ar ei boch, 'run peth â rhoi 'da bach' i fabi.

'Odi Jane, ma' Marged wedi marw.'

Eisteddodd ar waelod y gwely. Torrodd yr argae, a llefodd ar dorri'i galon; llefen 'run peth â phlentyn bach wedi cael dolur.

'Bu'n wasanaethferch ffyddlon i mi dros y blynydde. Bu'n fam i Myfanwy o'r crud, fe'i carodd fel merch, a throdd hi mo'i chefen arni chwaith pan o'dd angen mwya o help arni. Ac fe wnes i hynny, Jane.'

160

Dechre llefen yn wa'th wedyn.

'Dewch, Dad-cu. Rhaid inni gael help. Beth am alw Doctor Powel 'ma?'

'Ie, rwyt ti'n iawn, Jane. Ffonia di fe.'

Diolch am gyfleustra teliffôn. A dyna wnes i. A theimlo 'run pryd fod Dad-cu wedi mynd i ddibynnu arna i mewn argyfwng. Teimlo rhyw falchder hefyd 'mod i'n gallu bod o help iddo, a 'mod i o'r diwedd yn cael fy ngwerthfawrogi fel fi fy hun, fel person annibynnol – person y gallai Dad-cu ymddiried ynddi, ac nid rhyw berthynas o'dd i'w phitïo, ac yn dibynnu ar gardod.

Cyrhaeddodd y Doctor 'mhen rhyw awr.

Ei ddedfryd o'dd 'trawiad ar y galon' – 'Fydd dim angen cwest, fe'i gwelais hi yr wythnos ddiwetha.'

Wyddwn i mo hynny. Wyddai Dad-cu ddim chwaith. Rhaid bod Marged yn teimlo'n sâl neu ni fyddai wedi gofyn i'r doctor alw.

Cofiais am farwolaeth Mamo a seremoni ddiflas y 'troi heibio'. Gyrrodd Dad-cu un o'r gweision i gyrchu menyw o'r pentre – menyw a elwid yn Mari Jâms.

Daeth honno draw yn bwysig i gyd, gan gario basged bach yn ei llaw, a ffedog wen yn hongian ar ei braich.

Arweiniais hi i'r stafell wely.

'Gallwch chi fynd nawr, Miss Jane.'

'Ond bydd yn rhaid i fi gael gafael yn nillad gore Miss Lewis i'w gwisgo amdani,' mynte fi.

'Na, na, Miss Jane, amdo yw'r ffasiwn nawr, ac fe fydd y saer yn gofalu am hynny.'

Cofiais am y siarad a fu rhwng Marged a minnau rai wythnosau 'nghynt.

'O na, ro'dd Miss Lewis am gael ei chladdu yn 'i dillad gore.'

'Os y'ch chi'n gweud, Miss, ond fydd hynny'n golygu dipyn rhagor o ffwdan i fi, cofiwch.'

'Dyna o'dd 'i dymuniad yn bendant,' meddwn i'n hollol ddi-droi'n-ôl.

Es i'r wardrob, a dod o hyd i'w dillad gore.

Cofiais yn sydyn am sane'r arch. Chwilio yn y 'shes-yn-drors' a chael gafael mewn un hosan wedi'i bennu a'r llall ar ei hanner.

'Bydd yn rhaid i chi wisgo'i sane arferol amdani,' meddwn.

'Does dim eisie i chi weud wrtho i beth i'w wneud, Miss. Rwy'n hen gyfarwydd â'r gwaith 'ma.'

Ro'dd y cwbwl yn ormod i mi erbyn hyn. Yn sydyn teimlais rhyw wendid dieithr yn fy nghoese, y cyfan yn troi o 'nghwmpas, a golau dydd yn troi'n dywyllwch nos.

*   *   *

Y peth nesa wy'n ei gofio o'dd cael fy hun yn gorwedd ar fy hyd ar y llawr. Menyw y 'troi heibio' yn chwifio tamed o racsyn gwyn o flaen fy wyneb, Dad-cu'n dala'n dynn – yn rhy dynn – yn fy ngarddwrn, a Marged, druan, yn gorwedd yn farw yn ei gwely.

'Wyt ti'n well, Jane fach?'

'Odw, Dad-cu, beth ddaeth drosto i, gwedwch?'

'Paid â chyffro, cariad, fe fydd y Doctor 'ma whap.'

'Doctor? Sdim eisie doctor arna i.'

Ond roedd Doctor Powel yn cyrraedd ar y gair.

Rhaid o'dd iddo f'archwilio'n ofalus – tynnu fy mlows, fy modis a'm fest, dinoethi fy mrest, a nghorno i bob modfedd. Profiad diflas. Fe droiodd Dad-cu ei gefen ar y perfformiad, chware teg iddo.

'Rwyt ti wedi cael homer o sioc heddi, Jane, a ma' fe wedi effeithio'n go drwm arnat ti. 'Sdim rhyfedd dy fod ti wedi pango. A phryd gest ti fwyd ddiwetha?'

'Rown i'n hwyr yn codi, a do'dd Marged ddim 'ma i weitho brecwast i fi, ac mi es 'da Magi i'r siop. Swper neithiwr o'dd y pryd diwetha.'

''Sdim rhyfedd wir dy fod ti wedi llewygu. Gorffwys di heddi nawr, cofia fwyta'n gall, ac mi fyddi di fel cricsyn erbyn fory.'

'Diolch, Doctor.'

A bant ag e, a Dad-cu'n ei ddilyn, gan fy ngadael i ar y llawr yn teimlo'n dwp ac anghysurus – anghysurus am fy mod i wedi achosi rhagor o ofid iddo.

19

Cyrhaeddodd John Sa'r. Cyrhaeddodd y Ffeirad a'i wraig. Cyrhaeddodd y cymdogion, a'r cymdogion hynny'n cario llwythi o fwyd mewn basgedi – te, siwgr, bara, cacennau o bob math, a ham wedi'i ferwi.

'Dyna'u ffordd o ddangos cydymdeimlad a thalu gwrogaeth i'r ymadawedig,' mynte Dad-cu.

Mae'n debyg fod Marged yn fenyw o bwys yn y gymdogaeth, yn aelod selog yn yr eglwys, yn cadw cwrdd plant, yn perthyn i'r Christian Guild ac yn aelod o'r Women's Institute.

Rhaid o'dd ffono Anti Mary.

'Beth wisga i i'r angladd, Anti Mary?'

'Gwisga'r got lwyd – hen got dy fam – a'r hat o'dd 'da ti yn angladd dy fam.'

'O's rhaid i fi wisgo hat?'

'Well i ti neud, 'sdim eisie rhoi achos siarad i bobol.'

'Achos siarad i bobol? Achos 'mod i ddim yn gwisgo hat? Ond fe wna i, nid i beidio rhoi achos siarad i bobol, ond am taw hynny fyddai dymuniad Marged.'

'Da lodes i, rwyt ti'n ddewr iawn, ac yn cael mwy na dy haeddiant o ofid.'

Trueni fod Abertawe mor bell.

'O's perthnasau 'da Marged, Dad-cu?'

'Dwi ddim yn siŵr; chlywes mohoni'n sôn am yr

un berthynas heblaw am ei chwaer o'dd yn byw yn Llundain, a bu honno farw rai blynyddoedd 'nôl. Aeth Marged ddim i'r angladd – amser rhyfel o'dd hi.'

Ro'dd y corff erbyn hyn yn gorffwys yn y parlwr mawr, mewn coffin derw sglein, a'r caead wedi'i gau'n sownd arni. Do'dd Dad-cu ddim yn credu mewn 'gwneud siew o gorff marw'.

'Saesneg fydd y gwasanaeth, Dad-cu?'

'Ie, ma'n debyg – ma'n well gan y Ffeirad y "Common Prayer" na'r fersiwn Cymraeg.'

'Pam, Dad-cu? Ma' fe'n gallu Cymraeg yn iawn.'

'Odi – arferiad, 'sbo.'

'Falle fod e'n credu taw Sais yw'r Ysbryd Glân.'

Fe ffromodd Dad-cu. 'Jane, paid â gwamalu a dishmoli crefydd. Ma'r Ffeirad yn deall yr ysgrythur, ac yn parchu ffurf y gwasanaeth. Ma' fe'n ddyn gonest a galluog iawn.'

'Ie, ond Cymraeg o'dd iaith Marged, a Chymraeg fydd iaith bron pawb fydd yno'n gwrando arno.'

Atebodd Dad-cu ddim, a dyna ddiwedd ar y ddadl.

Es i ddim i'r ysgol 'r wythnos honno – wythnos y galaru. Treuliai Dad-cu fwy o'i amser yn chwilibowan obeutu'r clos, y stablau a'r caeau nag o'dd e yn y tŷ, ac ro'dd yn rhaid i fi wynebu'r dieithriaid a ddeuai at y drws i gydymdeimlo ag e, gan gludo'u hanrhegion 'talu gwrogaeth i'r ymadawedig'.

Daeth y Ffeirad a'i wraig un prynhawn, a Dad-

165

cu wedi diflannu'n ddigon pell o'r tŷ. Dyma fy nghyfle!

Wyddwn i ddim yn iawn shwt i gyfarch y gŵr duwiol. Mr Richards? Barchus Reithor? Gweinidog yr Eglwys, neu dim ond Syr? Ta beth, wedi llyncu 'mhoer, nes bod 'y ngwddwg i mor sych â cholsyn, mentrais ofyn iddo, 'Mr Richards, Barchus Syr – yn Gymraeg fydd y gwasanaeth claddu ddydd Mercher?'

'Na, Saesneg yw'r arferiad yn yr eglwys hon. Pam wyt ti'n gofyn?'

'Cymraes o'dd Marged, Barchus Syr, a Chymry yw ei ffrindiau hefyd, ac rwy'n siŵr y base pawb yn deall y gwasanaeth yn well tase chi'n pregethu yn Gymraeg, Syr.'

'Ti ddim yn perthyn i'r clîc 'na sy'n rhoi "preference" i'r Gymraeg, gobeithio? Cofia di taw Saesneg yw iaith Great Britain, a Saesneg yw iaith y brenin hefyd, a King George yw pennaeth yr Eglwys yng Nghymru yn ogystal â Lloegr.'

Ces fy llorio; wyddwn i ddim beth i'w ddweud, dim ond sibrwd yn dawel bach, 'Cymraes o'dd Marged.'

A mynte Mrs Richards y Ffeirad, bendith ar 'i phen hi, 'The young girl has a point there. I think you should say a few words in Welsh, dear, if only to please her.'

Teimlais 'mod i wedi cael rhyw bripsyn bach o fuddugoliaeth.

'We shall see, we shall see. Dwed wrth dy Dad-cu am ddewis emyn i'w ganu yn yr eglwys. O's "favourite hymn" 'da ti, Jane?'

'Na, wy ddim yn gwbod llawer o emynau, ond beth am "Iesu Tirion", Syr?'

'That won't do at all, far too childish, rhy plentynnaidd for the funeral of an elderly person. Gofyn i Dad-cu.'

A bant â nhw.

Gyda 'bach o lwc, fe gawn ni air neu ddau o Gymraeg yn yr angladd ddydd Mercher nesa.

*   *   *

Gwawriodd dydd Mercher yn ddiwrnod niwlog, diflas. Cyrhaeddodd yr hers, yn cael ei dynnu 'da'r boni wen – yr un peth yn gwmws ag o'dd yn angladd Mamo. Cariodd pedwar o weision Nant-y-wern yr arch ar eu hysgwyddau o'r tŷ i'r elor, a wedyn o iet y fynwent i'r eglwys.

Cloch yr eglwys yn canu'n ansoniarus (roedd un o'r clychau â chrac ynddi), a'r Ffeirad, er mawr syndod i mi, yn llafar-ganu yn Gymraeg. 'Myfi yw'r atgyfodiad a'r bywyd. Pwy bynnag sy'n credu ynof i, er iddo farw, fe fydd byw, a phob un sy'n byw ac yn credu ynof i, ni bydd farw byth.'

Finne'n treio fy ngore i wneud synnwyr o'r cyfan. Pwy o'dd Myfi? Duw? Iesu Grist? Yr Ysbryd Glân, neu'r Ffeirad ei hunan?

Yr unig alarwyr o'dd Dad-cu a finne, Mrs Richards Ffeirad, a Lisi'r forwyn. Ro'dd Magi, o achos ei chyflwr, wedi aros gartre. ('Wy ddim eisie rhoi testun siarad i bobol, 'nenwedig mewn angladd'.)

Ond wedi cyrraedd yr eglwys fe anghofiodd y Ffeirad ei Gymraeg – dweud y cwbwl ar ras wyllt. Deallais ambell beth, ond ffaelais yn lân â gwneud synnwyr o fawr o ddim byd a ddywedodd. Cofio ambell i frawddeg, er mwyn treio'i deall falle, ar ben fy hunan bach. 'May the Holy Spirit lift us from the darkness of our grief to the light of your presence, through Jesus Christ our Lord.'

Fe ddwedodd rhyw air neu ddou o'r frest – cymysgwch o Gymraeg a Saesneg – yn diolch i Marged am fod yn 'good servant to the Lord ac i'r eglwys'. Ond ro'dd Marged y tu hwnt i unrhyw ganmoliaeth.

Mi ges i ambell i bwl go hallt o lefen – nid yn gymaint ar ôl Marged, ond wrth gofio am angladd Mamo. Cofio am yr haul yn dod mewn trwy'r ffenest liw, a chofio amdani'n gorwedd mewn ffroc las bert yn yr arch. Dyna'r cof diwetha sy 'da fi ohoni, a dyna'r cof sy'n mynnu aros.

Canu'r un hen emyn:

O fryniau Caersalem ceir gweled
Holl daith yr anialwch i gyd;
Bryd hynny daw troeon yr yrfa
Yn felys i lanw fy mryd.

Ffaelu'u lân â deall pam o'dd yn rhaid mynd mor bell â Chaersalem i weld 'troeon yr yrfa'.

Mas i'r fynwent, a hithe'n diwel y glaw. Rhagor o Saesneg – finne'n deall llai a llai o'r gwasanaeth.

'Blessed are the dead who die in the Lord from henceforth. Even so, says the Spirit, that they may rest from their labours.'

Y gwynt yn chwythu a'r glaw'n pistyllo a'r Ffeirad yn dala ati: 'We commit her body to the ground, earth to earth, ashes to ashes, in sure and certain hope of the resurrection to eternal life through our Lord Jesus Christ.'

Cydiodd Dad-cu mewn dyrnaid o bridd coch yn gymysg â cherrig mân, a'u taflu ar ben yr arch – clatsh, clatsh; gan amneidio arna inne i wneud yr un peth. Ond allwn i ddim.

Allwn i ddim taflu cerrig ar ben ei harch. Ro'dd yn gwmws fel taflu cerrig at rywun, a hwnnw'n methu taro 'nôl. Ac at Marged o bawb! Ro'dd gen i ormod o feddwl ohoni i daflu pridd a cherrig ar 'i phen hi. Druan fach.

Ma' rhyw arferion rhyfedd ac ofnadwy 'da pobol ynglŷn â chladdu. Chofia i ddim am neb yn gwneud hynny adeg claddu Mamo, ond fe redes i bant yr adeg honno cyn i'r arch ddisgyn i lawr i'r ddaear. I lawr i'r twll du. Am byth.

Wedyn, bwyd yn y festri. Ro'dd Dad-cu wedi hala'r rhan fwya o'r bwyd a ddaeth i'r tŷ – 'y bwyd talu gwrogaeth i'r ymadawedig' – i'r festri. A phwy o'dd wrth y drws yn estyn gwahoddiad i bawb i'r parti ond Mrs Ffeirad yn gwisgo'r mwrnin rhyfedda – jing-a-lings am ei gwddw, hat gantel lydan, a phluen anferthol yn chwifio yn y gwynt a'r glaw. 'So pleased to see you. Yes, indeed, Miss Lewis was a wonderful person, and we shall shall all miss her terribly. There is plenty of food – enjoy yourselves.'

O'dd, ro'dd digon o fwyd yno – gormod a gweud y gwir. Neb yn llefen. Pawb yn siarad drwyddi draw. Bwyta llond 'u bolie. Rêl te-parti. Clebran a chloncan. Sbort a chwerthin. Joio.

Finne'n credu nad own i'n nabod neb. Ond pwy weles i yn 'u canol nhw ond Sara a Mari. Dyna falch own i. Ond ro'dd y ddwy fel taen nhw wedi dieithrio oddi wrtho i, ac yn gofyn yn boleit i fi, 'Shwt y'ch chi, Miss Jane? Ry'ch chi'n edrych yn dda, ac wedi prifio'n rhoces fowr, bert.'

'Dewch i'r cornel i mi ga'l 'ych hanes a thipyn o glonc,' mynte fi.

'Na, ma'n ddrwg 'da ni, rhaid i ni fynd adre – mae'n nosi'n gynnar nawr.'

A bant â nhw. Nid y Sara a Mari own i'n eu nabod o'n nhw – ro'n nhw wedi newid. Neu tybed ai fi o'dd wedi newid?

Fe wnaethon nhw fi i deimlo'n fflat ac anghysurus. A o'dd byw mewn tŷ crand wedi 'ngwneud i'n wahanol? Duw a'm helpo. Nhw o'dd fy ffrindie gore yn y dyddiau gynt – a mi faswn wedi starfo fwy nag unweth oni bai am eu cawl a'u pwdin reis nhw.

Ond dyma lais o'r presennol yn gweiddi arna i. 'Jane, wyt ti'n barod i ddod adre? Ma'r trap-a-poni yn disgwl amdanon ni.' A bant â ni.

Arhosodd Lisi ar ôl 'da'r bwyd ac i glirio lan.

Pan gyrhaeddodd hi adre, mi es ati i ddiolch iddi am fod gymaint o help gyda'r bwyd ac yn y blaen. Teimlo'n bwysig.

'Ro'dd yn rhan o'm dyletswydd i roi "good send off" i Miss Lewis.'

'Send off i ble, Lisi?'

'I'r ddaear, wrth gwrs.'

'Ond fe ddwedodd y Ffeirad, Lisi, bod ei hysbryd wedi esgyn i'r nefoedd – taw 'mond corff marw o'dd yn cael ei gladdu yn y ddaear.'

'Sai'n gwbod dim obeutu hynny. Do'n i ddim yn deall hanner yr hyn ddwedodd y Ffeirad; wy 'mond yn credu beth wy'n weld â fy llyged fy hun.'

A dyna ateb Lisi i bob credo a ffydd. Teimlwn yn eiddigeddus wrthi ei bod yn gallu derbyn y cyfan mewn ffordd mor syml a gonest.

Chwarae teg i Magi – ro'dd hi wedi paratoi te arall inni erbyn i ni gyrraedd adre, ond doedd mo'i angen ar neb.

Beth a ddeuai ohonom heb Marged? Pwy fyddai'n gofalu am ddisgyblaeth a threfen? Pwy fyddai'r gwc o hyn ymlaen? Pwy fyddai'n gofalu am ginio'r Sul – y ginio fawr wythnosol, y cig rhost a'r pwdin reis? Pwy fyddai'n golchi, yn gofalu fod pawb yn cael dillad glân bob bore Sul? Pwy fyddai'n gofalu am lendid, a'r sglein ar yr holl bres a chopr? Rhaid o'dd gweithredu, a hynny ar unwaith!

Eisteddodd y ddau ohonom i lawr yn y parlwr bach i swper o dato a chig moch. Swper eitha ffrit o'i gymharu â swperau Marged.

Dad-cu'n canolbwyntio ar fwyta a gweud dim. Sychu'i drwyn a'i wefle bob hyn a hyn 'da macyn digon brwnt yr olwg.

'Dad-cu, pryd gawsoch chi facyn glân ddiwetha?'

'Dim ers i Marged farw.'

Gwelais fy nghyfle.

'Dad-cu, bydd yn rhaid i chi ga'l morwyn brofiadol i gymryd lle Marged.'

Edrychodd arna i'n syn fel petawn i wedi colli arna i fy hun.

'Rwyt ti'n siarad trwy dy hat, groten. Cha i neb i gymryd lle Marged.'

'Na chewch, wrth gwrs. Ond bydd yn rhaid wrth rywun i gadw com-op ar y ddwy forwyn, ac i ofalu fod pawb yn cael ei fwyd yn ei bryd, a hwnnw'n fwyd maethlon.'

'Wir, falle bod ti'n iawn, Jane, mi ga i air 'da Mrs Richards Ffeirad. Falle bod hi'n gwbod am rywun.'

'Cytuno. Ond beth am hysbysebu yn y *Tivy Side*? Fe gawsech fwy o ddewis fel'ny, a wy'n credu 'i bod hi'n bwysig i ga'l Cymraes.'

'Pam?'

'Achos taw Cymry 'yn ni – bob jac-wan ohonon ni.'

'Culni yw hynna, Jane. Rydyn ni i gyd yn ddyledus iawn i'r Saeson. Cofia di hynny.'

'Ro'dd Mr Davies History'n gweud fod y Saeson yn dueddol i edrych i lawr ar y Cymry ac yn credu'n sownd taw nhw yw'r genedl bwysica nid yn unig ym Mhrydain, ond trwy'r byd i gyd. "The sun never sets on the British Empire".'

'Jane,' mynte fe, mewn llais awdurdodol, crac.

'Paid byth â gadel i mi dy glywed yn dilorni'r Saeson eto, neu . . .' Mi arhosodd am eiliad i gysidro, 'neu mi fydd yn rhaid i fi dy hala i ysgol fonedd yn Lloegr.'

Taw piau hi.

'Dad-cu, beth am roi hysbyseb yn y *Tivy Side*?'

'Dim heno, Jane – rywbryd eto, falle. Alla i ddim meddwl cael neb yma i gymryd lle Marged. Dim ar hyn o bryd, ta p'un.'

Druan â Dad-cu, a druan â Marged hefyd. Ro'dd yn rhaid iddi farw cyn iddi gael ei gwerthfawrogi'n iawn. Hi oedd wedi ysgwyddo pob baich a chyfrifoldeb wedi i'w wraig farw. Magu'r groten fach o'r dechre, a'i thad yn ei diystyru'n llwyr am fisoedd. Credai Dad-cu taw'r babi o'dd y prif reswm am farwolaeth ei mam, ei wraig yntau. Ond ar ôl misoedd o'i digownto'n llwyr fe ddeffrodd i'w gyfrifoldebau. Pan ddechreuodd y babi wenu a chogran, ymserchodd ynddi, ac o hynny mlaen bu'n ei difetha'n rhacs-garlibwns.

'Wy'n mynd i'r gwely, Dad-cu. Peidiwch chithe â bod yn hwyr. Mae wedi bod yn ddiwrnod blinderus i ni i gyd.'

'Odi, Jane fach, a diolch i ti am fod yn gymaint o help i hen ŵr yn y dyddiau blin. Wy am aros ar lawr ar ben fy hunan am beth amser i feddwl am y gorffennol, ceisio gwneud synnwyr o'r presennol, a chynllunio at y dyfodol. Nos da, Jane.'

Mi faswn wedi leico rhoi cwtsh iddo, carad go iawn, i dreio codi'i galon, ac i ddangos iddo 'mod i'n meddwl y byd ohono.

173

'Nos da, Dad-cu.'

Mi es i'r cefen i roi cwtsh i Ledi, yn lle hynny, cyn ei throi 'ddi am y cae nos.

Druan â Dad-cu. Rwy'n siŵr yn y bôn fod Marged yn golygu mwy iddo na dim ond howsciper, yn fwy na rhywun o'dd yn gofalu fod Nant-y-wern yn rhedeg yn esmwyth. Ond wnaeth e erioed gyfadde hynny, ddim wrtho'i hunan hyd yn oed. Jane, ei wraig, a fu farw mor ifanc a than amgylchiade mor drist, o'dd cariad mawr ei fywyd. Ond rywsut neu'i gilydd ro'dd y stori am Marged yn y ffliw yn mynnu dod 'nôl i'm meddwl o hyd ac o hyd.

Ac yn ôl Anti Mary ma' 'na wendid sylfaenol ymhob dyn byw.

20

Rhaid o'dd mynd 'nôl i'r ysgol.

Dyna'r tro cynta i mi orfod codi heb i neb fy ngalw. A rhaid o'dd i mi fwyta tamaid o frecwast yn y rhwm ford, ac nid yn y parlwr bach. Yn y rhwm ford o'dd y gweision yn bwyta. Yn ddiddadl, Marged fu angor a bòs Nant-y-wern a hebddi hi roedd popeth yn wahanol.

Ro'dd y Nadolig ar y trothwy. Fy Nadolig cynta wedi colli Mamo, ac ro'dd claddu Marged mor glou ar 'i hôl hi'n dod â'r cwbwl 'nôl i mi. Diflas a thlodaidd o'dd y Nadolig yn Llety'r Wennol, oni bai fod Marged a'i basged yn lleddfu tipyn go lew arno. Anaml fyddai Dyta gartre 'da ni ar ddydd Nadolig. 'Mynd adre i weld yr hen wraig fy mam' o'dd ei esgus. Ac yn ôl Mrs Pegler dyna lle mae e ar hyn o bryd. Yn sir Benfro. Gobeithio arosith e yno.

Ond na, byddai hynny'n ormod i'w ddisgwl. Byddai 'nôl cyn y Nadolig, medde hi.

Nadolig? Beth ddeuai ohonon ni yn Nant-y-wern y Nadolig hwn heb Marged? Ro'dd Dad-cu'n mynd obeutu'r lle â'i ben yn ei blu heb wneud dim; yn osgoi hyd yn oed siarad am y peth. Ond pythefnos arall a byddai'r Nadolig ar ein gwarthaf. Ro'dd Marged wedi bod wrthi'n coginio'r pwdin a'r gacen rai diwrnode cyn iddi farw, ond mae angen mwy na phwdin a chacen at y gwyliau. Ro'dd 'na ddwsine o dwrcis stwrllyd yn mwynhau eu hunain ar hyd y berllan, yr ydlan a'r clos ac yn barod ar gyfer y gyllell. Wydden nhw mo hynny, neu mi fyddai 'u clochdar dipyn tawelach. 'Nôl Magi, John y gwas fyddai'n eu lladd a Marged, 'da help dwy fenyw o'r pentre, fyddai'n eu paratoi i'r farced.

Ond ro'dd Dad-cu fel petai'n breuddwydio, yn mynd obeutu'r lle wedi'i daro 'da'r falen ac yn hidio dim am y twrcis. Byddai'n rhaid i rywun daclo'r gwaith, a hynny heb oedi – gwneud y gwaith o'dd Marged yn gyfrifol amdano, flwyddyn ar ôl blwyddyn.

Ro'dd Marged wedi ca'l ei chymryd yn ganiataol, a doedd Dad-cu erio'd wedi sylweddoli maint ei dylanwad ar redeg y cartre. Hi o'dd yn trefnu pob gweithgaredd o'dd yn ymwneud â'r tŷ, ac â llawer o'r gwaith tu fas, rownd y clos, hefyd.

Ond fedrwn i ddim cymryd ei lle – do'dd dim o'r profiad, na'r awydd chwaith, 'da fi i helpu. Yr ysgol, wedi'r cwbwl, o'dd yn dod gynta, a gwyddwn ei bod yn wythnos arholiadau. Fy arholiadau cynta yn y Cownti Scŵl. A finne heb agor llyfr na gwneud dim ffago! Gwyddwn hefyd y bydde Dad-cu'n disgwyl adroddiad canmoladwy. Fe ddwedodd wrtho i un nosweth, ar ôl iddo yfed glased go hanswm o wisgi: 'Rhaid i ti stico yn yr ysgol, Jane; ro'dd dy fam druan fach ar y top ymhob pwnc.'

Dim ond ambell waith y byddai'n sôn am Mamo; ac fel 'dy fam, druan bach' y byddai'n cyfeirio ati, byth wrth ei henw iawn.

Dal y bws fel arfer, heb y fasged â'i llond o

fwydydd i Miss Jones. Marged o'dd yn gyfrifol am hynny hefyd.

Cael fy holi gan hwn a'r llall pam own i'n absennol. Miss Hunter o'dd y cynta o'r athrawon i holi.

'Lost a relative? Was he or she a close relative, Jane?'

'Yes, Miss?'

'How close?'

'I don't know, Miss.'

A dyma Joni, yr hollwybodol, yn rhoi 'i law lan. Pam? Falle o ran sbeit, neu falle awydd i ddangos ei hunan – dangos ei wybodaeth eang o'r byd a'i bethe.

'She was not a relative, Miss, she was just a servant in the big house.'

A shwt o'dd e'n gwbod? Y clapgi!

'Johnnie, attend to your own business, and don't interfere.'

A fu dim rhagor o holi. Diolch byth. Menyw gall o'dd Miss Hunter.

Yna'r arholiade. Diflas. Doeddwn i ddim wedi paratoi ar eu cyfer. Dim mewn un pwnc. Rhaid o'dd i mi ddibynnu ar fy nghof, a thipyn o wybodaeth gyffredinol – yna dyfalu'r gweddill.

Balch o weld nos Wener, a balchach fyth o weld Magi a Ledi'n sownd wrth linyn yn disgwyl amdana i.

Mrs Pegler, er mawr syndod i mi, yn serchog dros ben, ac yn cydymdeimlo â fi o golli Marged.

'She be a lovely woman, a real lady, an' she had a smashin' funeral, a real send-off, ontefe?'

Y send-off 'na eto!

Ma'n rhaid ei bod hi yn yr angladd. Pam? Falle er mwyn cario claps 'nôl i'r 'gentleman farmer'. Mi faswn wedi leico gofyn iddi pryd o'dd hi'n ei ddisgwyl 'nôl, ond gwell o'dd cadw draw oddi wrthi hi a'i chlonc a'i busnes. Sylwais bod Magi'n cadw mas o'r siop, a Ledi'n dala wrth ei thennyn. Rhag ofn!

Cerdded adre lan y dreif, heibio i'r pyst teligraff newydd sbon, ond y gweithwyr yn dala heb glirio'r tomenni pridd a cherrig ar ochor y ffordd – annibendod!

'Ma' digon o flode ar y celyn 'leni, Jane.'

'Nid blode yw rheina, Magi, ond aeron.'

'Aeron 'te. O'dd Miss Lewis yn arfer trimo'r tŷ â chelyn a chanhwylle bob Nadolig. Fyddwch chi'n gwneud 'leni?'

'Cawn weld – fe ga' i air 'da Dad-cu.'

Syniad da, meddyliais, ond byddai pethe pwysicach 'da ni i'w trafod dros y penwythnos. Howsciper newy', er enghraiifft.

Ro'dd hi'n amlwg fod Lisi'n gwneud 'i gore i lenwi'r bwlch a adawodd Marged. Ro'dd te'n barod yn y parlwr bach, ac fe gafodd Dad-cu a finne swper di-fai o gig moch a thato rhost yn yr un man yn hwyrach.

'Dad-cu, ydych chi wedi meddwl rhagor obeutu c a'l help yn y tŷ?'

'Odw, Jane – wy wedi bod yn cwnsela â Mrs Richards Ffeirad. Wŷr hi ddim am neb, ond mae'n credu y byddai'n syniad da i hysbysebu yn y *Tivy Side*.'

'Reit, dewch i ni ga'l ysgrifennu hysbyseb mas.'

'Dim heno, Jane.'

'Ie, heno, Dad-cu, nawr y funud hon.'

'Rwyt ti mor benderfynol â dy fam, druan fach.'

Es ati ar unwaith.

'Beth am rywbeth tebyg i hyn, Dad-cu – Yn eisiau ar unwaith, gwraig brofiadol sy'n gallu coginio'n dda, a gofalu am holl agweddau tŷ go fawr. Cedwir dwy forwyn arall. Cyflog i'w drefnu. Ceisiadau cyn gynted ag sydd bosibl i Mr D. Lloyd-Williams, Nant-y-wern, Llan-wern, Sir Aberteifi (Teliffôn Llan-wern 267).'

'I'r dim, Jane, ond dangosa hefyd 'mod i'n Ustus Heddwch. Ma' hynny'n gosod safon iddo.'

'Reit. Rhaid ffono hwn y peth cynta bore fory i'r *Tivy Side*. Sdim amser i'w golli.'

'Un chwimwth wyt ti, Jane.'

'Dad-cu, o'dd Magi'n dweud fod Marged yn arfer addurno'r tŷ at y Nadolig â chelyn a chanhwylle. Y'ch chi'n fodlon i fi wneud yr un peth?'

'Wrth gwrs, Jane fach. Ti yw'r feistres nawr.'

Dyna'r tro cynta i mi dderbyn yr anrhydedd honno, a theimlwn 'mod i wedi tyfu modfeddi mewn pwysigrwydd a maintioli, a hynny o fewn ychydig eiliade.

Meistres! Rown i'n leico sŵn y gair.

'Dad-cu, wnewch chi ofalu fod rhywun yn torri'r celyn, a dod lawr ag e i'r tŷ bore fory?'

'Iawn, Jane – ma' digon yn yr allt. Wy ddim yn hoffi gweld neb yn torri'r celyn sy ar y dreif.'

Un wythnos arall o ysgol, ac yna gwyliau'r Nadolig. Fe ges i ganlyniadau rhyfeddol o dda, a chysidro na wnes i ddim gwaith ar eu cyfer. Ar ben y rhestr mewn Cymraeg, Saesneg a Hanes; anobeithiol mewn Mathemateg a Bioleg – dau bwnc own i'n eu casáu, Mathemateg am fod yn gas 'da fi'r athro a'i gymadwye; Bioleg am fod ynddo greulondeb. Meddyliwch, lladd creaduriaid bach diniwed dim ond er mwyn archwilio'u perfedd!

Ond wedi cyfri'r marce i gyd at ei gilydd fe ddes mas yn bedwerydd yn y dosbarth, a Joni, wrth gwrs, ar y top. Pan ddaeth y canlyniadau, edrychodd arna i gan wenu'n sarhaus, fuddugoliaethus – gwên yn awgrymu ei fod wedi curo un o'r crachach!

Roedd Dad-cu, chware teg iddo, yn ddigon bodlon. 'Fe wnest yn rhyfeddol ag ystyried y sioc a'r brofedigaeth gawson ni.'

Ro'dd yr hysbyseb wedi ymddangos yn y *Tivy Side*, ac ro'dd e wedi derbyn un cais yn barod.

'Fe gei di 'i weld e ar ôl swper,' mynte fe, â rhyw wên fach bryfoclyd yn goleuo'i wyneb. Diddorol.

Swper digon tila – tato berwi, a sleisen o gig moch wedi'i goginio ar ben y tato; dim pwdin. A Lisi'n gweini arnom yn ffyslyd yn gwisgo dillad duon heb gap na ffedog, yn gwmws fel o'dd Marged yn arfer â gwneud.

'Dyma'r cais – darllen e,' mynte Dad-cu, a'r hanner gwên herllyd yn dala ar 'i wyneb.

Dim cyfeiriad.

> Deer Mr Lloyd-Williams
>> I would like to try for the job in your house. Miss Lewis job. I am a good worker.
>> Yours truly,
>> Lizzie Jones.

'Lisi druan,' mynte fi, 'dyna pam o'dd hi wedi tynnu'i brat a'i chap a gwisgo mewn du 'run peth â Marged.'

'Ie,' mynte Dad-cu, 'dyw hi heb sylweddoli 'to taw nid trwy efelychu rhywun arall mae llwyddo mewn bywyd. Ma' Lisi'n roces iawn, dan gyfarwyddyd un sy'n gwbod yn well na hi.'

'Gyda llaw, Dad-cu, odi'r celyn wedi cyrraedd?'

'Odi, ma' 'na glorwth ohono wrth ddrws y cefen.'

'Reit, fe a' i ynghyd â'r addurno bore fory.'

Clywais udo tawel yn dod o'r cefen. Ledi wedi clywed y'n llais i. Mynd i siarad a chwtsio honno, ac wrth basio, gweld Magi'n cyrcydu'n ddiflas wrth farworyn o dân yn y gegin fach.

'Be sy'n bod, Magi?'

'Paid â gofyn cwestiwn mor hurt. Shwt faset ti'n teimlo petait ti ar fin geni babi, a dim to uwch dy ben di – ti na'r babi.'

'Ond ma' dy fodryb Sali'n fodlon edrych ar dy ôl di, medde hi.'

'Dim ond dros y tymp, a beth wedyn? Ma' hi'n sôn nawr am adael ei gwaith presennol a threio am job Miss Lewis fan 'ma. A wy'n siŵr na fydd Mr Lloyd-Williams yn barod i 'nghadw i a'r babi hefyd. Wy'n ddiolchgar iawn iddo am adael i fi aros yma cyhyd. Wy'n becso'n sobor, Jane.'

'Beth am dy fam? O's gobaith fan'ny?'

'Nago's, dim. Ma' Mam yn iawn – wy'n mynd i'w gweld hi nawr ac yn y man – ond ma' Nhad yn gynddeiriog. Cha' i byth dwllu'i gartre fe tra bydd e byw. A ma' fe mas o waith ar hyn o bryd. Pego ma' fe nawr.'

'Cer i'th wely, Magi fach, ma' hi'n dwymach fan'ny na'r fan hyn.'

'Fe wnes i ddishmoli Miss Lewis fwy nag unweth pan o'dd hi byw, ond wy'n gweld 'i heisiau hi'n sobor erbyn hyn, Jane.'

'Finne hefyd, Magi . . . cer i'r gwely 'nghariad i – fe fydd popeth yn edrych yn well bore fory.'

Ar ôl siarad a thindwyro tipyn ar Ledi, fe es 'nôl i'r parlwr bach, ac yno ro'dd Dad-cu'n dala i ddarllen y *Tivy Side*, a joio'i lased hwyrol o wisgi.

'Dad-cu, ma' 'da fi newydd i chi. Ro'dd Magi'n dweud wrtho i fod 'i modryb Sali ag awydd treio am swydd Marged. Ydych chi'n 'i nabod?'

'Odw'n iawn – merch ardderchog, ac ma' clod iddi ymhobman. Byddwn wrth fy modd yn cyflogi Sali.'

'Ma' merch 'da hi, Dad-cu, merch glyfar iawn. Ma' hi yn y chweched dosbarth, ac yn bwriadu mynd i'r coleg y flwyddyn nesa.'

'Dyw hynny ddim yn broblem – ma' digon o le 'ma i'r ddwy. Hefyd, bydd 'na fwthyn gwag 'da fi yn y pentref ar ôl y Nadolig. Ma'r hen Jams Tomos wedi penderfynu symud yn ei hen ddyddie. Ma' fe'n mynd i fyw at ei ferch i sir Forgannwg.'

Mae'n amlwg fod syniadau Dad-cu ynglŷn â phlant gordderch wedi meddalu tipyn erbyn hyn. Mae'r profiad gafodd e 'da'i unig ferch, ei gweld yn mynd dan draed scampyn o ddyn, a'i chladdu a hithe'n dala'n ferch ifanc, wedi dod ag e rhyw gymaint at ei goed.

Pan own i 'da Dad-cu, pwy ffonodd ond Anti Mary, yn gwahodd Dad-cu a finne i Bengwern i ginio ddydd Nadolig.

'Diolch yn fowr iddi, ond na yn bendant. Wy wedi treulio pob Nadolig yma yn Nant-y-wern, a hynny oddi ar ces i 'ngeni, a wy ddim yn mynd i newid fy steil o fyw nawr, a finne'n tynnu at oed yr addewid. Gartre ddyle pawb aros ar ddydd Nadolig, a dala wrth yr hen arferion. Fe fydda i'n mynd i'r eglwys am chwech fore Nadolig i'r Plygain i ganu'r hen garolau. 'Nôl adre i ga'l brecwast, Cymun wedyn am ddeg, a chinio am ddeuddeg. Cysgu wedyn trwy'r prynhawn tan amser godro. Bydd un neu ddou o'r gweision yn rhannu'r ford 'da ni i ginio – y rheiny sy'n byw yn rhy bell i fynd adre.'

'Gobeithio y bydd rhywun yma fydd yn gallu coginio iddyn nhw, Dad-cu.'

'Wrth gwrs bydd e – paid â mynd o flaen gofid, roces. A chofia di, Jane, wy'n disgwl y byddi di'n dod 'da fi i'r eglwys fore Nadolig.'

'Ie, a phwy fydd yn paratoi cinio wedyn?'

'Fe fydd yma rywun, gei di weld. Ffydd Jane, ffydd. Rwyt ti'n brin iawn o hwnnw.'

Do'dd dim ateb 'da fi. Do'n i ddim wedi cael profiad o unrhyw fath o 'ffydd' erio'd.

'Gyda llaw, Jane, fe fu Mrs Richards Ffeirad 'ma ganol 'rwythnos yn holi ynglŷn â dillad Marged. Gyda'n caniatâd ni, mae'n awyddus i'w cael i hala i ryw gymdeithas yn Llundain sy'n helpu gwragedd gweddwon.'

'Beth am eu hala i'r Gweithe, Dad-cu, i helpu gwragedd y coliers? Ma' 'na dlodi dychrynllyd fan'ny a'r dynion yn ddi-waith ers misoedd.'

'Ar streic ma' nhw Jane, nid yn ddi-waith. Fe wnes i awgrymu hynny iddi, ond ro'dd hi'n bendant taw arnyn nhw'u hunain o'dd y bai. Pobol styfnig, ddi-egwyddor yw'r coliers, mynte hi, a dy'n nhw ddim yn haeddu help na chardod, a wy'n dueddol o fod yr un farn â hi 'ed.'

'Dad-cu, wy'n synnu atoch chi. Dim ond gofyn am gyflog teg ma' nhw am ddiwrnod caled o waith lawr ym mherfeddion y ddaear yng nghanol peryglon nwy a thân a llygod mawr.'

'Jane, rwyt ti'n swno fel un o'r bois "labour" 'na – pobol sy'n gwneud sbort ar ben cewri fel Lloyd George. Cadwa'n glir oddi wrth y giwed 'na – pobol beryglus y'n nhw. Dyna 'nghyngor i iti.'

'Reit,' mynte fi, y ferch fach ufudd a wyddai ar ba ochor i'r dafell ma'r menyn.

'Dad-cu, heblaw am ddillad Marged, mi fydd yn rhaid mynd trwy'r shes-yn-drors hefyd.'

'Bydd – rhaid clirio'r cwbwl cyn daw'r forwyn newydd. Beth am fynd ati bore fory yng ngolau dydd?'

Drannoeth, yn weddol fore, aeth Dad-cu a finne lan i stafell Marged. Cerdded yn ddistaw, heb yngan gair, yn gwmws fel petai rhywun neu rywbeth yn ein gwylio trwy'r amser. Ro'dd y bwndel allweddi a arferai hongian am ganol Marged, Sul, gŵyl a gwaith, ar y ford fach wrth ei gwely.

Agor pob drâr yn ofnus barchus, a dod o hyd i bob math o drugareddau – pethe bach di-werth yn ein golwg ni, ond o werth amhrisiadwy yn ei golwg hi – lluniau, cardiau Nadolig, a jing-a-lings di-ben-draw. Mewn un drâr ro'dd arian. Hwn o'dd banc Marged. Lawer gwaith clywes hi'n dweud nad o'dd dim ffydd 'da hi mewn banc, na'r bobol o'dd yn cael eu talu am edrych ar ôl arian pobol eraill. 'Fe ddyle pob un edrych ar ôl ei arian ei hunan.'

Fe gawsom sioc. Ro'dd y drâr yn llawn o arian – pentyrrau ohono. Ar wahân i lond bocs o sofrins, ro'dd bwndel ar ôl bwndel o arian papur wedi'u clymu fesul canpunt. Aed ati i'w cyfri. Ro'dd yn agos i dair mil a hanner yn y drâr hwnnw.

Ar ben y cyfan, ro'dd amlen wedi'i selio – heb gyfeiriad o unrhyw fath. Agorodd Dad-cu yr amlen yn syn a diwedwst, ac fe ddarllenodd y cynnwys yn uchel, grynedig a thrist.

The last will and testament of
Margaret Lewis of Nant-y-wern

July 26 1925
I bequeath
£200 to the Church of St Michael's
£100 to St Michael's Women's Guild
£100 to St Michael's Sunday School
The residue and the contents of the drawers to Mary Anne Jane Lloyd-Williams of Nant-y-wern.
Signed: Margaret Lewis
Witness: J. H. Powel (Dr)

Erbyn hyn, rown i'n llefen – llefen bach diflas, hiraethus – a do'dd Dad-cu fawr iawn gwell chwaith; ro'dd yntau â'i facyn poced yn sychu deigryn bach slei.

Eisteddom ein dau ar y gwely – gwely Marged – mewn distawrwydd. Distawrwydd o'dd yn siarad ond fod y geiriau'n pallu â dod.

'Mhen hir a hwyr mynte Dad-cu, 'Bydd rhaid gweithredu'r ewyllys 'na. Mae'n ddigon clir. Wyt ti'n fodlon i fi fynd â'r arian i'r banc yn dy enw di, ac fe all y banc dalu'r arian sy'n ddyledus i'r eglwys? Mi fydd yn rhaid i tithe fynd i mewn hefyd i arwyddo amdanyn nhw.'

'Wy ddim eisie'r arian, Dad-cu. 'S'da fi ddim hawl iddyn nhw.'

'Paid â siarad dwli. Dyna o'dd dymuniad Marged – ei dymuniad ola' hi. Fe ddylet fod yn falch o hynny.'

'Wnes i mo'i pharchu fel y dylwn i. Rwy'n teimlo'n euog, Dad-cu.'

'Ti piau'r arian 'na, dros dair mil, 'merch i. Gwerthfawroga dy lwc a bydd yn garcus ohonyn nhw.'

Ac fe gododd a bant ag e, a 'nghadael i'n snwffian mewn sioc.

21

Do, mi ges i sgytwad – sgytwad imbed. Ro'dd 'y
nghoese i'n gwegian fel taw prin y gallwn i roi un
droed o fla'n y llall. Ond fe gyrhaeddais fy stafell
heb un anhap. Gorweddais ar y gwely yn fy hyd,
gan ddala i snwffian. Sioc! Dyna beth o'dd e. Rown
i'n fenyw gyfoethog! Fyddai dim rhaid i fi werthu
jiwels Mamo. Fyddai dim rhaid i mi fynd ar ofyn
Dad-cu am arian i fynd i'r Coleg. Rown i'n
annibynnol! Tair mil! Ffortiwn! Ond penderfynais
gario mlaen fel arfer a pheidio ag yngan 'run gair
wrth neb. Do'dd neb yn gwbod, heblaw am Dad-
cu, Dr Powel, a finne.

Styrbans eto. Cnoc ar y drws.

'Jane, wyt ti'n iawn?'

'Dere mewn, Magi.'

Ro'dd Magi yn snwffian hefyd – tosturio drosti'i
hunan.

'Be wna i, Jane? Ma'r gweision yn gwneud sbort
am 'y mhen i – galw enwe cas fel twmplen a hen
drogen arna i, ac ma' Lisi'n bihafio'n gwmws fel
petai hi'n fòs yma. Dyw hi ddim yn gwisgo ffedog
rhagor, a wy'n gorfod gwneud 'y ngwaith i, a rhan
fwya o'i gwaith hi hefyd. Ma' hi'n gweud taw hi
yw'r bòs nawr, a do's wiw i neb arall dreio am y
job.'

'Ffwlbri noeth, Magi. A gwed wrth dy fodryb
Sali am dreio am y job – ma' gobaith cryf 'da hi y

caiff hi 'ddi. Ma' Dad-cu'n gwbod amdani'n iawn, ac yn ei chanmol fel gweithwraig.'

'Ond ma'n rhaid iddi gael tŷ i fyw ynddo, o achos Gwen, ac ma'n rhy bell iddi fynd 'nôl a mlaen bob dydd ar bob tywydd.'

'Dim problem, Magi. Bydd 'da Dad-cu dŷ gwag yn y pentre cyn y Nadolig – ma'r hen ŵr sy'n byw yno'n symud at ei ferch.'

'Wyt ti'n siŵr, Jane?'

'Yn berffaith siŵr – a wy 'run mor siŵr y caiff dy fodryb y swydd, ond iddi geisio amdani.'

Llamodd ar 'y mhen i i'r gwely, a chydio'n dynn amdana i mewn llawenydd.

Teimlais gyffro pendant yn 'i chorff hi – y babi! Ro'dd y peth bach yn berson byw, ac yn symud tu mewn iddi, a bron yn barod i weld golau dydd.

'Deimlest ti'r babi'n cico, Jane?'

'Do, yn blaen. Odi e'n rhoi dolur i ti?'

'Nadi, dim o gwbwl. Ac erbyn hyn, wy wrth fy modd yn ei deimlo fe, siarad ag e, a'i garu e. Ma' fe'n gwmni i fi pan fydda i'n ffaelu'n lân â chysgu, a ta faint o sbort wnaiff Lisi a'r dynion ar 'y mhen i, ma'r babi bach yn rywbeth sy'n werth diodde drosto.'

'Da iawn ti, Magi – wy'n falch o'th glywed yn siarad fel'na. Falle daw Jac 'nôl atat ti 'to.'

'Sdim ots 'da fi am Jac – fi pia'r babi a neb arall. I'r diawl â Jac.'

'Dyna'r ysbryd. Ond mwstra, ma' 'da fi waith i ti. Wy eisie dy help di i addurno'r tŷ y bore 'ma. Wyt ti'n fodlon rhoi help llaw i fi?'

'Sori, ond ma' 'da fi lot o waith y bore 'ma – glanhau'r pres a'r copor i gyd. Ordors Lisi.'

'Twt, anghofia Lisi – ma'r Nadolig yn bwysicach na chlandro'r tŷ.'

'Os wyt ti'n gweud. Fe gei di wynebu Lisi – ma' hi'n wa'th lawer 'i thafod na Miss Lewis.'

Bant â ni'n dwy i whilo am lestri i ddala'r celyn, a channwyllhëyrn i ddala'r canhwylle. Ro'dd toreth o bopeth at y gwaith i'w cael yn y cwpwrdd tridarn yn y rhwm ford. Marged wedi gofalu am bopeth, 'nôl ei harfer; rhuban coch hefyd, llathenni ohono.

Rhoddodd y ddwy ohonom ddau addurn mawr o gelyn â rhuban coch yn eu clymu wrth ddrws y ffrynt. Wedyn pob mamplis yn gelyn, canhwylle a rhuban coch i gyd. Sbrigyn o gelyn tu ôl i bob llun ar y wal a threfniant hir ar hyd y ford fawr yn y neuadd fwyta. Roedd Magi'n canmol.

'Bydde Miss Lewis yn falch iawn o weld hyn i gyd, Jane.'

'Falle'i bod hi'n gweld y cwbwl. Falle'i bod hi'n y nefoedd yn edrych lawr arnon ni.'

'Wyt ti'n credu hynna, Jane?'

'Sa' i'n gwbod beth wy'n gredu, Magi. Yr unig beth wy'n siŵr ohono yw 'i bod hi'n gorwedd chwe troedfedd i lawr yn y ddaear, a 'nôl y Ffeirad, bod ei hysbryd wedi esgyn i'r nefoedd.'

'A ble mae'r nefoedd hynny, Jane?'

''Sa i'n gwbod, rhaid i ti ofyn i'r Ffeirad 'no.'

'Jocan o't ti 'te, pan wedest ti bod hi'n edrych lawr arnon ni, ontefe?'

'Nage, Magi, nid jocan – treio dod o hyd i'r gwirionedd.'

Rown i wedi blino'n dwll, a mi es i 'nôl i orwedd ar y gwely, i dreio mesur a dadansoddi pam a shwt o'n i wedi bod mor lwcus i ga'l yr holl arian, a lwcus hefyd o gael dyn mor annwyl a deallus â Dad-cu a chartre 'da'r gore. Ond yn bendant, doeddwn i ddim yn un o'r crachach. F'unig ofid ar hyn o bryd o'dd Dyta. Ofn cwrdd ag e ar ben fy hunan bach. Ofn y byddai'n fy nrelo, a hyd yn oed fy siabwcho pe câi gyfle.

Codais. Es i'r gegin i weitho tamed o fwyd i fi'n hunan – bara menyn jam a the Padi. Gweld eisie Marged yn sobor iawn. Dyna lle ro'dd Magi yn sgleinio'r pres a'r copor, ac yn glanhau'r cyllyll a'r ffyrc.

'Anghofion ni drimo'r rhwm ford, Jane. Fan'no bydd y gweision yn ca'l eu cinio Nadolig.'

'Own i'n meddwl fod pawb yn bwyta 'da'i gilydd ar ddydd Nadolig.'

'Na, ar Ŵyl San Steffan ma'r parti mawr – dyna pryd y byddwn ni i gyd yn gwledda 'da'n gilydd – y gweithwrs i gyd.'

'Ac ma'r celyn wedi mynd i gyd, Magi, ond na hidia, fe ga i sbrigyn bach o rwle.'

Cofiais am y goeden fawr yn y dreif – y goeden gelyn nad o'dd neb i fod i'w hamddifadu o'i haeron, ar ordors Dad-cu.

Cymerais gyllell fowr torri cig o ddrâr y cwpwrdd yn y gegin, a bant â fi'n dalog i dorri sbrigyn neu ddou o'r goeden sanctaidd.

Clywais Ledi'n cwyno yn y cefen – wedi deall 'mod i'n mynd am wac. Ond allwn i ddim mynd â hi 'da fi – strict ordors Dad-cu. Ma'n debyg fod ci neu gŵn yn y gymdogaeth yn cael eu beio am ladd defaid 'ac ma'n rhaid i gŵn Nant-y-wern fod yn sownd a dan glo bob nos cyn iddi dywyllu – do's neb i gael y cyfle i roi'r bai ar ein cŵn ni'.

Bant â fi'n dalog â'r gyllell fowr finiog yn fy llaw. Ro'dd hi'n noson hyfryd – y sêr yn winco arna i, a'r lleuad dri chwarter llawn yn codi'n ara' bach tu ôl i'r bryn. Gwaith dwy neu dair munud o gerdded a rown i yno.

Ro'dd rhyw ddrewdod afiach yn codi o rywle. Hen abo, siŵr o fod. Cofiais am y gwningen fach daflodd Magi dros y clawdd. Ro'dd honno'n hen abo erbyn hyn. Ai dyna fyddai'n diwedd ni i gyd? Ai dyna'r rheswm pam bod pawb yn ca'l eu claddu mor ddwfn yn y ddaear? Hen feddyliau cas, gwrthun. Rhaid i mi beidio â meddwl amdanyn nhw, neu mi fyddwn yn suddo i'r falen.

Clywais hen gigfran yn crawcian yn hunllefus o'r goeden gelyn. Rhyfedd! Dyw adar ddim yn arfer clwydo ar goed pigog – deri neu ynn yw 'u ffefrynnau nhw. Cododd arswyd arna i.

'Un frân du daw anlwc eto
W-w-w, w-w-w, w-
Does i mi ond poen ac wylo
W-w-w-, w-w-w, w-'

Gwnes fy ngore i anwybyddu ei sgrech oerllyd, arallfydol. Ro'dd carn o gerrig a phridd wedi'i adael ar ôl gweithwyr y teliffôn, reit o dan y goeden. Ceisiais ei dringo neu'n hytrach ei sgramo, fi a'r gyllell. Yn sydyn fe ges i'r teimlad fod rhywun, neu rywbeth, yn fy ngwylio. Troes 'nôl. Ro'dd 'na ddyn mawr, cydnerth, yn taflu'i gysgod dros yr hewl.

'Jini.'

'Dyta! Beth y'ch chi'n 'neud fan hyn? Cerwch o'ma. Nawr, ar unweth.'

Ond dyma fe'n dod yn nes ac yn nes, gan wenu fel hanner lleuad.

'Jini, gwranda cariad, wy eisie siarad â ti. Dyna i gyd. Wy eisie i ni fod yn ffrindie 'to.'

'Wy ddim eisie gwneud dim byd â chi. Ewch o'ma.'

Ond nesu ata i o'dd e. Rhoddodd ei fraich amdana i'n dynn.

Panig.

'Be sy'n bod, Jini fach?'

'Ofn, eich ofn chi; ffaelu anghofio be wnaethoch chi i fi pan o'n i'n byw dan yr un to â chi. Fy ngham-drin i. Fy siabwcho i. Siabwcho Mamo hefyd. O'n i'n clywed popeth o'dd yn mynd mlaen o'r dowlad. Rown i'n rhy ifanc i ddeall pryd hynny, ond wy'n deall erbyn hyn. Rhag eich cywilydd chi!'

'Wy wedi difaru, Jini. Ma' hwnna'n hen hanes erbyn hyn.'

'Falle 'i fod e, ond ma'r graith yn aros.'

'Craith? Be ti'n feddwl?'

'Do's dim un noson yn mynd heibio na fydda i'n cofio am eich creulondeb chi ata i a Mamo.'

'Ma'n flin 'da fi, Jini.'

A dyma fe'n cydio amdana i'n dynn, a thaflu'r gyllell o'n i'n ei dala'n fy llaw dros ben y clawdd. Rown i'n crynu fel deilen, ond fe ges i ddigon o nerth i roi cic nerthol iddo rhwng ei goese, reit yn ei wendid.

'Y blydi bitsh!'

Rhoddodd lwndad i fi o'r ffordd, ac wrth geisio jengyd o'i grafange cwmpes ar fy wyneb ar ben y garn gerrig.

Ces ddolur, dolur annioddefol – roeddwn yn igian llefen 'da'r sioc, a'r gwaed yn pistyllo lawr dros f'wmed i.

'Jini, 'nghariad i, wyt ti'n iawn?'

'Nadw.' Daliai'r hen gigfran i grawcian ei galarnad uwch fy mhen.

'Gad i fi dy gario di i'r tŷ, Jini fach.'

'Peidiwch â chyffwrdd yno' i.' Llusgo fy hunan gore gallwn sha'r tŷ, a Dyta'n dilyn o hirbell.

Canu'r gloch, cnoco'r drws, cicio'r drws mewn panig gwyllt.

Dad-cu'n ateb.

'Jane, 'nghariad i, beth sy wedi digwydd i ti? Pwy sy wedi bod yn dy gam-drin di? Gwed, Jane. Gwed y gwir, Jane.'

'Dyta.'

'Ifan John wyt ti'n feddwl? Y nefoedd fawr!'

Rhoddodd fi i orwedd ar y soffa yn y parlwr bach, a mynd at y ffôn.

'Pwy chi'n ffono, Dad-cu?'

'Y polîs, Jane, a'r doctor, wrth gwrs.'

Sylwais taw'r polîs o'dd yn dod gynta, ac nid y doctor!

O'r diwedd fe bennodd Dad-cu â'i ffono.

'Mi fydd y doctor 'ma whap – a'r polîs hefyd.'

'Dad-cu, gwrandwch, sdim eisie'r polîs. Arna i o'dd y bai 'mod i wedi cwmpo.'

Rown i wedi difaru 'nghalon erbyn hyn. Pam o'dd raid i fi sôn am Dyta o gwbwl? Dechre gofidie o'dd hynny. Ro'dd 'yr hen frân ddu' yn iawn, sdim dowt. Pam fues i mor ddwl ac mor fyrbwyll?

22

Sioc. Poen. Edifeirwch. Gwaed – a hwnnw'n dala i lifo lawr fy wyneb i. Cydwybod euog hefyd. Do'dd y bai ddim i gyd ar Dyta. Fi gicodd e gynta, rhoi hwpad i fi wnaeth e, i achub ei hunan.

'Galwch Magi 'ma plis, Dad-cu.'

Ond ro'dd hwnnw'n rhy brysur yn ffono. Ro'dd y gwaed yn pistyllo lawr 'y moch i. Ma'n rhaid 'mod i wedi cael sgathrad gas, a fedrwn i ddim codi 'mraich dde i o gwbwl.

'Dad-cu, plis, galwch Magi ata i.'

'Reit, reit, mewn munud. Rhaid rhoi disgrifiad manwl o Ifan John gynta. Ma'n rhaid i'r polîs ga'l 'u ffeithiau'n iawn.'

'O'r nefoedd, beth odw i wedi'i wneud? Magi! Ma-gi!' Ac fe glywodd fi o'r diwedd. Fe gas hithe sioc.

'Padell o ddŵr twym, sebon, a thywel, Magi, ar unwaith plis.'

Dad-cu'n dala i frygowthan ar y ffôn, a Magi'n whilibowan, yn synnu, rhyfeddu a holi.

'Golcha'n wmed i, Magi.'

'Ma' 'na grafad gas ar dy foch di – well i fi beidio â twtsh ag e.'

'Golcha fe, Magi.' Rown i mor dost, mor fawlyd, yn dal i waedu, ac eisie cyfogi.

'Mi fydd Dr Powel 'ma cyn pen wincad.'

Ond y blydi polîs dda'th gynta – dau ohonyn nhw, ac yn edrych mor bwysig.

'Dwedwch, Miss, ble'n gwmws ddigwyddodd hyn, a phryd?'

'Miss Lloyd-Williams yw 'i henw hi, Officer,' mynte Dad-cu gyda holl urddas Ustus Heddwch.

A dyma'r plisman yn dechre wedyn.

'Miss Lloyd-Williams, gwedwch wrtha i ble'n gwmws ddigwyddodd hyn?'

'Rwle ar y dreif, ond sai'n siŵr ble'n union.'

Ac ar y gair, dyma Dr Powel i mewn i'r stafell.

'Mas,' mynte fe'n hollol ddiseremoni.

'Ma'n rhaid inni ga'l ein ffeithiau yn hollol gywir gynta,' mynte'r plismon â'r streips.

'Mas – nawr. Y funud 'ma. Dyw hi ddim mewn stad i gael ei holi 'da neb. Mas.'

A mas â nhw'n ddigon tawel. Ond o'dd yn rhaid i Dad-cu ga'l eu dilyn nhw mas, os gwelwch yn dda. Edrychodd Dr Powel arna i'n syn. Dim holi – dim ond archwilio. Er gwaetha golchi Magi ro'dd y gwaed yn dal i lifo.

'Rhaid i ti gael pwythe,' mynte fe, 'a hynny cyn gynted ag sy'n bosib.'

Cododd 'y mraich i. Rhoes inne wawch. Cododd hi wedyn – sgrech o boen.

''Sbyty,' mynte fe, 'a hynny heb ymdroi. Dim ond un ambiwlans sydd i'r holl ardal. Os na cha' i afel yn hwnnw, ddoi di 'da fi yn y car?'

'Wrth gwrs, 'sdim ots 'da fi shwt awn ni, ond i fi gael gwared o'r boen 'ma.'

'Magi,' mynte'r doctor, 'cer i whilo am ddillad glân i Jane, dillad nos hefyd a digon o flancedi.'

Magi'n troi a throi yn yr unfan fel iâr glwc, yn dwp ac afrosgo.

'Magi, cer,' mynte fi. 'Ma'r cwbwl sy angen yn y cwpwrdd mowr, ac yn nrâr isa'r shes-yn-drors.'

Dad-cu'n dala i siarad a chlebran â'r polîs, fel petai dal Ifan John yn fater o fyw neu farw. Gwaeddodd y doctor arno'n ddiamynedd.

'Dafydd, rho help llaw i gario Jane i'r car. Ma' hi'n rhy wan i gerdded. Nawr!'

A rhwng Dad-cu a Dr Powel fe ges i fy hanner llusgo, hanner cario i'r car. Magi'n cyrraedd jyst mewn pryd â'r dillad mewn cwdyn papur llwyd – hen gwdyn dala blawd.

Mynd ar hyd y dreif gan bwyll bach a gweld plisman arall yn cario pastwn anferth ac yn chwilio'r cloddiau.

Cyrraedd y 'sbyty'n hwyr – rhy hwyr i roi pwythau yn fy moch y noson honno, nac i drin fy mraich. Finne mewn poen a blinder, heb sôn am bryder. Ce's fy ngolchi'n lân, 'da'r addewid y byddai'r doctor yn cyrraedd yn gynnar drannoeth i'm harchwilio.

Noson ddi-gwsg, noson o boen, noson o ofid am na ddwedais y gwir a'r gwir i gyd wrth Dad-cu. Damwain o'dd y godwm. Gweld eisie Mamo – honno yn ei bedd. Gweld eisie Marged – hithe hefyd yn ei bedd. Gweld eisie Anti Mary – honno bant yn Abertawe. Swmran cysgu, cael fy nihuno gan yffach o sgrech – sgrech o'r cynfyd – sgrech yr hen frân ddu!

Drannoeth, doctor dieithr – rhagor o fyseddu, rhagor o archwilio, rhagor o boen. Pwytho'r foch, anaesthetig, pelydr-X, y falen.

Dad-cu a Dr Powel yn cyrraedd yn y prynhawn – dim awydd gweld neb.

'Paid â becso, Jane fach, fe fyddi di'n iawn 'mhen diwrnod neu ddou.'

'A fydd craith ar fy wyneb i, Dr Powel?'

'Na, rwyt ti'n ifanc, ac fe dyfith y croen yn glou iawn.'

'Paid â becso nawr, Jane fach, 'na roces dda,' mynte Dad-cu, 'ac fe gaiff yr adyn wnaeth gam â ti ei gosbi'n hallt. Caiff, reit i wala.'

'Ond Dad-cu, cwmpo wnes i – damwain o'dd hi.'

Neb yn gwrando.

Fe ges i driniaeth boenus iawn, ond ar ôl diwrnod neu ddou, fe ddechreues deimlo'n well, a dyheu am fynd adre i Nant-y-wern.

A wir, 'mhen rhyw dridiau fe ddaeth Dr Powel heibio yn ei jalopi, a chynnig mynd â fi adre. Rown i'n gallu cered, diolch byth, ond dim ond un fraich o'dd 'da fi – ro'dd y fraich chwith wedi'i strapo'n dynn – dau asgwrn wedi torri. Clwtyn ar fy moch i – rown i'n edrych fel milwr clwyfedig, neu focsiwr wedi colli ffeit.

Roedd y daith yn ôl i Nant-y-Wern yn un boenus, ac unwaith y cyrhaeddon ni adre, i'r gwely yr es i heb din-droi, a Magi'n hofran obeutu fel oen swci wedi colli'i ffordd.

'Rhaid i ti aros lan fan hyn yn dy stafell am ddiwrnod neu ddou,' mynte fe, Dr Powel, yn awdurdodol. 'Mi alwa i heibio eto drennydd. Fe fyddi fel y boi erbyn Nadolig.'

Credu 'run gair, a mynte fe wedyn wrth fynd trwy'r drws, 'Fe ofalith Magi ar d'ôl di, a rhoi help i ti fatryd a gwisgo.'

Magi druan – ro'dd honno'n ca'l digon o waith symud 'i hunan, 'da'r pwyse o'dd hi'n gario.

Ro'dd Dad-cu mas yn crwydro'r caeau a dda'th e ddim 'nôl i'r tŷ nes iddi nosi. Cafodd syndod fy ngweld wedi cyrraedd gartre.

'Paid â becso am ddim, Jane fach – a chei di mo dy boeni gan y scampyn Ifan John 'na, byth, byth eto.'

'Pam? Ble ma' fe 'te? Odi fe wedi mynd 'nôl sha sir Benfro?'

'Na, ma' fe'n sownd yn y loc-yp.'

'Yn y loc-yp! Pam? Wy wedi gweud wrthoch chi, Dad-cu, fwy nag unweth, taw cwmpo wnes i i ga'l y dolur 'ma.'

'Wyt ti'n anghofio, Jane. Pan ofynnes i ti pwy wna'th dy labyddio di, fe ddwedest heb betruso taw dy dad wnaeth. Alli di mo'i cha'l hi y ddwy ffordd, 'merch i. A pheth arall, pan ffones i Mary Pengwern i ddweud yr hanes wrthi, o'dd hi'n synnu dim. Fe ddwedodd dy fod wedi cwyno wrthi hi fod dy dad yn llechu a chwato tu ôl clawdd er mwyn ca'l gafel ynot ti.'

Trois at y pared; rown i wedi ca'l fy nala, ac arna i o'dd y bai, na fyddwn i wedi bod yn fwy gonest – gonest â phawb.

Llusgai'r diwrnode heibio, a Magi, pŵr dab, yn gwneud 'i gore i helpu. Daeth ag un newydd cysurlon i fi. Ma'n debyg fod ei Modryb Sali wedi ymgeisio am y swydd, a bod Dad-cu'n fwy na bodlon i'w chyflogi. Byddai'n dechre ar ei gwaith os yn bosib cyn y Nadolig, a byddai hi a'i merch Gwen yn cael aros yn Nant-y-wern hyd nes byddai'r bwthyn yn barod iddyn nhw.

Ro'dd Lisi wedi pwdu, ac yn bygwth ymadael.

Cyn diwedd yr wythnos, rown i'n gallu ymlwybro lawr y grisiau ar ben fy hunan bach. Ond rown i'n becso'n sobor.

Mae'n wir fod Dyta wedi cydio amdana i yn gadarn, ac i minne gael ofn dychrynllyd, ond wnaeth e ddim niwed i fi hyd nes i mi roi whalpen o gic iddo yn ei wendid. Achub 'i hunan wnaeth e – dyna shwt ges i hyrddad mor ofnadw, a chwmpo'n garlibwns ar ben y domen gerrig. Ro'dd bai arno fe am godi ofn arna i, a dod ar 'y nhraws i mor llechwraidd, a 'nala i fel y gwnaeth e. Ond ro'dd bai arna inne hefyd i ddannod iddo 'i bechode, a rhoi'r fath gic erchyll iddo.

Yn y loc-yp? Beth os bydd yn rhaid iddo fynd i'r jâl? Fedrwn i ddim diodde hynny; fedrai yntau ddim chwaith. Ac arna i ma'r bai. Neb ond fi. Mi fydd hyn a'i ganlyniade pell-gyrhaeddol yn crafu 'nghydwybod i am byth bythoedd.

23

Do'dd dim llawer o Gymraeg rhwng Dad-cu a finne ar ôl i fi glywed fod Dyta yn y loc-yp. Trwy lwc, o'dd e mas ar hyd y ffarm drwy'r dydd, Magi'n fisi yn y gegin dan awdurdod Lisi, a finne'n teimlo'n unig a di-gefen ar ben fy hunan bach.

Daeth y polîs heibio fwy nag unwaith i holi a busnesa, ond fe wrthodes i roi unrhyw wybodaeth o bwys iddyn nhw.

''Sa i'n gwbod – wy ddim yn cofio.'

Un prynhawn, a Dad-cu yn y tŷ, wrth lwc, daeth y Glas yma yn cario cyllell – y gyllell o'dd 'da fi i dorri'r celyn; rown i wedi anghofio popeth amdani. Cariai'r gyllell yn fuddugoliaethus fel petai wedi cael gafael yn nhrysor mwya'r oesoedd, ac meddai mewn llais awdurdodol gwas ei Fawrhydi'r Brenin Siôr:

'Ac ma' ôl bysedd yr erlidiwr yn blaen ar ei charn.'

A mynte fi, cyn bo neb arall yn cael siawns i weud dim, 'Cyllell o ddrâr y cwpwrdd yn y rhwm ford yw honna – fi gymerodd hi i dorri sbrigyn o gelyn o'r goeden sy'n tyfu yn y dreif.'

'Pam o'et ti eisie celyn, Jane? Ro'dd Twmi wedi torri digon o gelyn i ti.'

'Rown i wedi'i iwso fe i gyd, cyn 'mod i'n sylweddoli fod angen un sbrigyn bach arall arna i – dim ond un bach bach i drimo'r ford. Pam? O's 'na bechod yn hynny?'

'Ydych chi'n gwbl sicr o'ch ffeithiau, Miss Lloyd-Williams?'

'Wrth gwrs 'mod i'n siŵr – cerwch i'r gegin i ofyn i un o'r merched, os nad y'ch chi'n nghredu i.' Rown wedi ca'l llond bola. 'Wy'n mynd i'r gwely. Nos da.' A bant â fi o'u golwg.

Ond do'dd dim llonydd i'w gael. Magi dda'th gynta, i ofyn be leiciwn i i swper. Dim ond un o ddou ddewis o'dd 'da Magi, naill ai wy wedi'i ferwi, neu ham wedi'i ferwi.

'Wy plis, Magi.'

'Mhen hir a hwyr, fe ddaeth ag wy wedi'i ferwi i dragwyddoldeb! Gyda help Magi rown i wedi dod i fyta'n eitha dethe, ond ar hanner ffordd drwyddo, fe glywson ni gnoco haerllug ar y drws ffrynt, y gloch yn canu fel petai'r tŷ ar dân, a'r cŵn yn cyfarth fel creaduriaid lloerig.

'Cer i bipo, Magi.'

'Ma' 'na rywun yn gweiddi o'r tu fas – yn gweiddi eisie siarad â chi – a ma' Mr Lloyd-Williams yn pallu agor y drws iddo.'

'Wy'n mynd lawr – helpa fi, Magi.'

A lawr es i, gan bwyll bach, i glywed Dad-cu'n bloeddio. 'Cerwch o 'ma'r dihiryn, ma' Jane yn ei gwely'n sâl – yn sâl iawn.'

'Mi fydd yn teimlo'n salach pan glywith hi be s'da fi i weud wrthi.'

Llais mor debyg i lais Dyta, ac eto'n wahanol – yn fwy cras a garw – llais Wncwl Enoc, wrth gwrs.

'Agorwch y drws, Dad-cu.'

'Ma'n rhaid galw'r polîs. Wyddys 'm byd be wnaiff e iti.'

'Na, ma'n iawn, Dad-cu – wy'n credu 'mod i'n nabod y llais – Wncwl Enoc, brawd Dyta, yw e.'

Agorodd Dad-cu y drws yn anfodlon, ofnus, a wele Wncwl Enoc yn sefyll yn awdurdodol ac yn edrych i lawr arnon ni i gyd.

'Gobeithio dy fod ti'n fodlon ar dy hunan, Jini . . . o na, sori – Jane, merch y Plas wyt ti nawr, ontefe? Ro'dd cywilydd 'da ti o dy dad, on'd o'dd e? Gweithiwr cyffredin o'dd e, a tithe'n un o'r crachach erbyn hyn.'

'Be chi'n 'i feddwl?'

'Wy'n gweud y gwir, y ffycin styc-up bach shwt ag wyt ti. Ond wyt ti'n siŵr Dduw o ddifaru am dy giamocs ryw ddydd.'

'Peidiwch chi â siarad fel'na â Jane, a defnyddio iaith anweddus, neu mi fydd yn rhaid i fi alw'r heddlu,' mynte Dad-cu.

'Wy'n gofyn eto, be sy'n 'ych meddwl chi?' mynte fi'n llawn dychryn erbyn hyn.

'Cafwyd hyd i dy dad yn farw y prynhawn 'ma – wedi crogi'i hunan yn y loc-yp uffernol 'na.'

'Amhosib! Ry'ch chi'n 'y nhwyllo i!'

'O nadw, Jini fach. Ac wyt ti'n gwybod pam? Mi ddweda i wrthot ti. Fe adawodd nodyn yn dweud na fedrai byth gario mlaen rhagor, a'i ferch, ei unig ferch, wedi troi ei chefen arno.'

Ro'dd popeth yn troi o nghwmpas i fel chwyrligwgan erbyn hyn. Do'dd dim byd yn glir – fedrwn i ddim sefyll ar fy nhraed. Wyddwn i ddim beth i'w gredu. Rwy'n siŵr fod Wncwl Enoc yn mwynhau gweld yr effaith a gafodd arna i.

'Dyma i ti anrheg oddi wrtho – wats aur, dy anrheg Nadolig. Gwna'n fowr ohoni, chei di 'run arall ganddo.'

Erbyn hyn rown i'n fud yn gorwedd ar fy hyd ar y soffa, a dyma Dad-cu yn cymryd gofal o'r sefyllfa.

'Mas â ti – nawr. Ma' Jane mewn sioc imbed a hithe'n sâl yn barod, a'r cwbwl o achos dy frawd. Mas.'

Ac fe a'th fel ci bach ufudd, ond nid heb weiddi yn y drws, 'Mi fydd hyn ar dy gydwybod di, Jini, holl ddyddie dy fywyd – cred di fi.'

Cyn i'r drws gau'n iawn fe gyrhaeddodd dau blisman, dim ond i ategu'r hyn ddywedodd Wncwl Enoc. Ro'dd Dyta wedi crogi'i hunan gan ddefnyddio shiten y gwely.

Gyda help Magi, cyrhaeddais fy stafell wely – fe gwmpodd y swper yn glwriwns i'r llawr oddi ar y gwely, a'r sŵn fel petai'n atseinio'r dychryn a'r euogrwydd o'dd yn fy mhen a 'nghalon i.

Ie, fi, a fi'n unig, o'dd yn gyfrifol am yr anfadwaith. Fi, Jane Lloyd-Williams, fi Jini John, laddodd fy nhad. Fi sy'n gyfrifol am ei ddiwedd. Dwi ddim gwell na'i lofrudd. Ie, dyna ydw i – llofrudd!

205

siabwcho

MARGED LLOYD JONES

gomer

'. . . byddai Dyta'n fy ngwasgu'n dynn ato, llawer yn rhy dynn, a rhoi'i law fawr galed o dan fy nillad, a goglais fy mhen-ôl a'm cwcw nes 'mod i'n gweiddi 'da'r boen.'

Does fawr o gysur i Jini John yn Llety'r Wennol: Mamo'n ddiflas drwy'r amser ac ofn y bydd Dyta'n ei siabwcho – ei cham-drin – eto. Pan ddaw'n amser mynd i'r ysgol, caiff gobeithion merch fach chwilfrydig fel Jini eu dryllio, oherwydd creulondeb y Mistir a gêmau hurt rhai o'r bechgyn mawr. Mae ceisio gwneud synnwyr o'r cyfan – a datrys ambell ddirgelwch – yn dipyn o her, yn enwedig pan fo'n rhaid cadw cynifer o gyfrinachau.

Mae'r nofel gignoeth a dirdynnol hon yn anaddas i blant.

Ganed a maged Marged Lloyd Jones yn ne Ceredigion, ardal y nofel hon, ond erbyn hyn mae'n byw yn y Bala. Mae'n Llywydd Anrhydeddus Merched y Wawr, a hi yw awdur y ddwy gyfrol boblogaidd *Nel Fach y Bwcs* a *Ffarwél Archentina.*

ISBN 1 84323 058 5   £6.95